だいわ文庫

言葉の園のお菓子番

森に行く夢

ほしおさなえ

JN095838

大和書房

言葉の園のお菓子番
目次

言葉の園のお菓子番

森に行く夢

人物紹介

豊田一葉　もとチェーン書店の書店員。祖母の縁で連句会「ひとつばたご」に参加する。いまはポップ作成の仕事をしながらブックカフェ「あずきブックス」で働いている。

豊田治子　一葉の祖母。故人。「ひとつばたご」ではお菓子番を名乗っていた。

豊田信代　一葉の母。病院の事務員。

＊連句会「ひとつばたご」メンバー

草野航人　連句会「ひとつばたご」の主宰。

岡野桂子　俳句結社に所属。

手嶋蒼子　出版社の校閲室に勤務。夫の茂明を病で失っている。

神原直也　カルチャーセンター勤務。歌人・川島久子の担当。

中村悟　弁護士。歌人・川島久子から短歌を学ぶ。

松野陽一　SEとして働いている。

秋山鈴代　広告代理店勤務。

宮田萌　「あずきブックス」カフェの焼き菓子を請け負っている。

大崎蛍　大学生。歌人・川島久子の教え子。「海月」と名乗る高校生の妹がいる。

＊その他連句関係

川島久子　歌人。大学、カルチャーセンターなどで短歌を教えている。

吉田冬星　航人、治子、桂子の連句の師匠でかつて連句会「堅香子」の主宰。故人。

＊ブックカフェ「あずきブックス」関係

中林泰子　店主。孫娘の怜とともにブックカフェを立ち上げた。

岸田真紘　カフェ担当。

ビギナーズラック

1

三月。部屋の窓から見える景色が少しずつ春めいてきた。葉は落ちたままだが、枝にも木の芽のようなものがふくらみ、どこからともなく春らしい匂いが漂ってくる。

まだまだ寒いけれど、そろそろウールのコートとセーターではなく軽い上着に替えたいし、あかるい色を着たくなる。

ここに戻ってきて一年か。勤めていた書店がいきなり閉店して無職になって、すぐに次を探す気になれず、文京区根津《ねづ》にある実家に戻った。

ひとり暮らしのあいだに増殖した本たちは、前の年に亡くなった祖母が使っていた部屋におさめた。

祖母は生前、連句の会に通っていた。祖母の本棚にあったノートには、自分が死んだあと、このお菓子を持って連句会の皆さんにあいさつに行ってください、という手書きのメモが残っていた。以前から、祖母は連句会のお菓子番を名乗り、毎回お菓子を持っていっていたらしい。

三月のお菓子、桜もちを持って、祖母の通っていた連句会「ひとつばたご」に行ったところ、なぜか連句に誘われ、その後は毎月連句会に通うようになった。

連句がわかったと胸を張って言えるほど理解したとは思えないが、式目《しきもく》と呼ばれる連句のルールは、会の師匠《ししょう》的な存在である航人《こうじん》さんが毎回ていねいに説明してくれるので、次にどんな句を作ればいいのかはだいたいわかるようになった。

仕事も、ひとつばたごの人と出会ったことで再開することができた。わたしが書店にいたころに作ったポップを見て、鈴代《すずよ》さんというメンバーがパン屋さんのポップを作る仕事を紹介してくれた。それからだんだんいろいろなお店につながって、ポップを書く仕事が広がって……。

さらに連句会にやってきた歌人の久子《ひさこ》さんから、いま働いている「あずきブックス」も紹介してもらった。久子さんはわたしの家からも近い千駄木《せんだぎ》に住んでいて、わたしが以前書店に勤めていたことを話したところ、家の近くのブックカフェのことを教えてくれたのだ。

訪ねてみると、そのブックカフェは小さいころに祖母とよく行っていた「明林《めいりん》堂《どう》」という本屋を改築したもので、店主の泰子《やすこ》さんも顔見知り。すぐに採用となった。はじめのうちは、定休日の水曜のほか、連句会のある第三土曜日と火曜木曜をお休みにしていたが、今月から木曜も出るようになり、ポップの仕事は火曜、水曜にまとめてこなしている。

前の職場だったチェーン書店では分業だったから、自分が担当する仕事だけしていればよかったけれど、ここでは泰子さんとわたしのふたりだけ。すべての棚のことを把握しなければならないし、経理のことも少しわかるようになった。

泰子さんは、一般の実用書から学習参考書、コミック、文芸となんにでもくわしい。毎日毎日、お客さんが少ないときはいつもバックヤードのパソコンで本の情報を調べている。

日々膨大な本が刊行されているなか、出版社の新刊情報だけでどうやって売れそうな本を見分けているのか、と思って訊いてみると、勘どころがあるんだよね、と笑っていた。

——でも、最近の本は売れ方がよくわからないものも多くて。表のメディアには出てこないけど、SNSで話題になったとかね。

泰子さんはそう言っていた。

——これからのことを考えたら、そういうあたらしいお客さんに目を向けないといけないんだよね。

あたらしいお客さん。そういうところこそわたしががんばらないといけないんだよな、と思う。どうしたらいいのか、すぐにはわからないけれど、せっかく雇ってもらったのだから、役に立ちたいなあ、と思った。

2

木曜日、たまたま非番だった母が、夕方あずきブックスにやってきた。

仕事と育児に追われて長いこと読書から離れていた母だが、学生時代はけっこう本を読んでいたらしい。わたしがあずきブックスに勤めはじめてから、ときどきやってきて、本を買ったり、カフェでお茶を飲んだりしていくようになった。

「こんにちは」

お茶を飲み終えた母がレジにやってきて、泰子さんに声をかける。

「ああ、信代《のぶよ》さん。いらっしゃい」

「すみません、この前試し読みコーナーにあった本、なくなっちゃったんですか」

母が訊いた。母はカフェの試し読みの棚が気に入っていて、店に来るたびにその棚で本をチェックしてから書店に来るのだった。

試し読みの棚の本も泰子さんが選書している。最近の本だけでなく、以前自分が読んで気に入った古い本も混ぜて、毎月テーマを設けて入れ替えている。その月の本はちゃんと取り寄せて書店の方にも置いている。これがなかなか効果的で、この棚に置かれた本は毎月必ず売れるのである。

「あの棚は月替わりですからね。この前入れ替えちゃったんですよ」

泰子さんが答える。

「なんて本ですか？　在庫はまだあると思いますよ」

「本っていうか、コミックなんです。『動物のお医者さん』っていう……」

母が少し恥ずかしそうに言う。

「ああ、『動物のお医者さん』」

泰子さんがにこにこ笑う。

「若いころ読んでたんです。でも、結婚して家を出たときに置いてきて、そのあと処分してしまって。この前ここの棚で見つけて、お店で借りて読んでたんですけど、続きも読みたくなって」

「あれはおもしろいもんねえ。まだコミックコーナーにありますよ」

泰子さんが答える。

先月は試し読みの棚で「動物が出てくる作品」というコーナーを設けていたのだった。『動物のお医者さん』はわたしも母に勧められて何冊か読んでみた。北海道の大学の獣医学部を舞台にした作品で、登場人物がみな個性的で、動物に関する知識も豊富でなかなか楽しかった。

「信代さん、けっこうマンガ好きだったんですね」

泰子さんがくすくす笑う。

「そうですね、少女マンガはよく読んでました」

母の世代は、若いころみんなかなり少女マンガを読んでいたらしい。有名な「二十四年組」も活躍中だったし、『ベルサイユのばら』『エースをねらえ!』『キャンディ・キャンディ』などなど名作もたくさんあったのだそうだ。

それに対して、泰子さんはわたしの祖母と同年代。母の親の世代である。祖母はマンガのことなどなにも知らなかったし、読んだこともなかったんじゃないかと思う。泰子さんがくわしいのは、本屋として勉強したから。

――マンガってバカにできないんだなあ、って思ったのよね。ストーリーは複雑だし、子どものための娯楽をはるかに超えてる。こりゃあ、文学だ、って。

泰子さんはそう言っていた。

「一葉《かずは》さんのお母さんも、『動物のお医者さん』が好きだったんですね」

そのとき、カフェから出てきた萌《もえぎ》さんが言った。

萌さんはひとつばたごのメンバーで、お菓子作りがとてもうまい。カフェのお菓子はもともと泰子さんの孫の怜《れい》さんが焼いていたのだが、一月から産休にはいったので、萌さんにお菓子作りを頼むことになった。ふだんは定休日の水曜に来るのだが、今週は水曜に別の用事がはいったため、今日お菓子を焼きに来ていたのだ。

「わたしも叔母の影響でその時代のマンガ、けっこう読んでますよ。『動物のお医者さん』もめっちゃ読んでました」

「萌さんの世代って、どんなマンガが流行ってたの？」

　母が訊いた。

「学校の友だちは『美少女戦士セーラームーン』とか『神風怪盗ジャンヌ』、『花より男子《だんご》』、『天使なんかじゃない』あたりですかね。でも、わたしはそのマンガ好きの叔母の影響もあって、もっと前の作品も読んでました。とにかく叔母の家に行くと、マンガの棚がずらっとならんでて。タダで読み放題でしたから。家も近かったし、一時期は休みになると叔母の家に入り浸って……」

　萌さんが笑った。

「那州雪絵《なすゆきえ》さんの『ここはグリーン・ウッド』とか、日渡早紀《ひわたりさき》さんの『ぼくの地球を守って』とか……。もっとさかのぼっておとめちっくマンガも読みましたし、『キャンディ・キャンディ』、『ベルサイユのばら』、『はいからさんが通る』みたいなメジャー作品はひととおり。高校生になってからは二十四年組にもはまりましたね。あと、田村由美《たむらゆみ》さんや吉田秋生《よしだあきみ》さんは『BASARA』や『BANANA F

ＩＳＨ』ではまって、いまでも新作は必ず読んでますよ」

「けっこう読んでるねえ」

泰子さんが笑った。

「でも、わたしより下の世代だと、少女マンガより少年マンガや青年マンガ、って
いう人も多い気がしますよね」

萌さんが言った。

「そうですね、わたしの友人も『ジャンプ』や『サンデー』を読んでたような」

大学のころを思い出しながらわたしは言った。

「少年マンガも女性読者が増えたよね、いまは男女半々くらいなんじゃないの」

泰子さんが言う。

「カフェでこういうイベントをやったら楽しそうですね」

萌さんが言った。

「イベント？」

泰子さんが訊く。

「あ、いえ、わたしはよくわからないんですけど、こういうカフェスペースのある
本屋さんでマンガに関するトークイベントがあったらしくて。叔母が行ったって言
ってました。本屋さんの方にトークで話題になったコミックを取りそろえてあって、

けっこう売れてたとか」

「へえ……」

萌さんの話に泰子さんも興味を持ったみたいだった。

「前にいた書店でもときどきトークイベントがありましたよ。新刊が出たときに著者を招いて、店で本を買ったらサインがもらえる、という形式でしたけど」

わたしは言った。

「そういうのはよくありますよね。でも、そのイベントは新刊とは関係なくて、トークも著者じゃないんですよ。マンガ好きの作家や編集者が集まって、自分の好きな作品について語り合う、みたいな……。ワンドリンク付きで有料だったとか」

「有料……？　ああ、なるほどねえ」

泰子さんがうなずく。

「カフェスペースがあるから、最初のワンドリンクのあと追加で注文する人もけっこういたみたいで。イベント終了後もフリートークタイムがあって、登壇者とも話せてすごく楽しかった、って言ってました」

「有料イベントで追加ドリンク代を見こめて、イベントとして自立してるってことね。それだったら登壇した作家さんにも謝礼を払えるし……」

泰子さんが腕組みする。

「まあ、集客数にもよるけどね」

「でも楽しそうですね。そういうイベントがあったらぜひ参加したいです」

母がそう言ったときお客さんがやってきて、泰子さんはレジにはいった。わたしも棚の整理の途中だったので作業に戻り、萌さんはカフェの厨房に。母も店内を見てまわって、話していた『動物のお医者さん』を数巻と、最近話題になっている文芸書を一冊買って帰っていった。


その夜、ひとつばたごの蒼子《そうこ》さんから、次の連句会に関する電話がかかってきた。今月の連句会には、歌人の川島《かわしま》久子さんが参加するらしい。知人をひとり連れてくる、という。その人はひとつばたご初参加で、連句自体もはじめてなのだそうだ。初参加自体はめずらしくない。問題はその人が餡が苦手らしいということだった。

――白餡も黒餡も黄身餡も栗餡も、とにかく餡子《あんこ》もの全般がダメみたいで……。

蒼子さんが言った。

今月のお菓子は、祖母のリストのままいけば長命寺《ちょうめいじ》の桜もちで、なかにはばっちり餡子がはいっている。

――今月のお菓子は桜もちなんですが、その人の分だけ別のものを買うのがいいでしょうか。それとも全員別のものに替えた方がいいでしょうか？

——治子《はるこ》さんは全員分替えてたわね。やっぱり全員そろっていた方がいいわよね、って言って。

治子さんとは、わたしの亡くなった祖母のことである。

——三月の場合はなにに替えてたんでしょう？

——うーん、なんだったかなあ。思い出せない。もしかしたら三月のお菓子は替えたことがなかったのかも。

蒼子さんの記憶もおぼつかない。

——けど、定番がダメなときはこれ、っていう決まりはとくになかったと思う。秋はけっこうゲストが多くて、お菓子の変更も多かった気がするけど、第二の定番みたいなのはなくて、そのときの感覚で選んでる、って言ってたような……。

——そうなんですか……。

そのときの感覚か。わたしは祖母みたいにお菓子にくわしいわけじゃないし、センスにも自信が持てない。

——治子さん、定番は大事だけどルールじゃない、って言ってたのよね。みんなが楽しみにしてくれているから定番は大事だけど、ただのルーチンになってしまったら心がない、って。

蒼子さんの言葉に、なるほど、と思う。祖母がわたしに伝えたかったのはきっとお菓子を持っていく心であって、規則じゃない。それはわかる気がした。でも……。

――って言っても、たしかにいろいろな世代の人がいるし、みんなが納得、と思えるお菓子を選ぶのは一苦労よねえ。

――そうなんです。餡子がはいってないお菓子っていうと、どんなものがあるんでしょう？　そこからしてよくわからないです。お煎餅みたいな、甘くないものの方がいいんでしょうか？

――ううん、甘いものはお好きみたいよ。チョコや焼き菓子も好きだし、ケーキはわざわざ食べに行くくらいだとか。

――ということは、洋菓子の方がいいってことでしょうか。そうしたら、萌さんの焼き菓子もいいような気がしますけど。

あずきブックスで出しているお菓子は和の風味を持たせたものということで、餡を使ったものも多い。でも、萌さんはもともとイギリス風の正統派の焼き菓子が得意なのだ。

――それもいいかもしれない。けど、季節感があまり出ないかなあ。

たしかに和菓子の方が季節感がある気はする。

――ちょっと待ってて。みんなにも訊いてみるし、わたしももう少し考えてみる。

一葉さんひとりに負担をかけるわけにはいかないし。

蒼子さんが言った。

——それは大丈夫です。お菓子代は割り勘にしてもらっていますし……。それぞれの手土産は別として、場所代やわたしが持っていくいつものお菓子はすべて合わせて割り勘にしている。

——でも、お菓子を買うためにわざわざお店まで出向いてもらってるでしょ。それに、今回は治子さん定番のお菓子以外のものを探さないといけないわけだし、選ぶのはプレッシャーかかるわよね。

——そうなんです！　祖母みたいにお菓子にくわしいわけじゃないので、なんというか、お菓子選びのセンスに自信がなくて。

——あんまり考えすぎない方がいいのかもしれないけど。でも、もう一度久子さんにも訊いてみるし、桂子《けいこ》さんや鈴代さんにも訊いてみる。あと、悟《さとる》さんにも。

広告代理店勤めの鈴代さんは流行ものにくわしいし、弁護士の悟さんはかなりの甘党なのだ。いいものを思いついたら連絡してもらうことにして電話を切った。

3

その後鈴代さんや悟さんから、チョコレートやらドライフルーツやらマカロンやら、いろいろな案が送られてきたが、どれも一長一短で、みんなが賛同するものはなかなか見つからなかった。

週末に連句会が迫ってきて、さすがにそろそろ決めないと、と思っていたとき、泰子さんから、怜さんが無事出産した、という知らせをもらった。

怜さんも赤ちゃんも元気で、お見舞いもOKとのこと。カフェスタッフの真紘《まひろ》さんがあずきブックスが休みの水曜日にお見舞いに行くというので、わたしもいっしょに行くことにした。

母にお祝いのことを訊くと、病院に持っていくと迷惑だし、少し経って先方が落ち着いてから贈った方がいい、と言われた。

「生まれてすぐに使うものって、おむつや授乳関係のものくらいだし、そういうのはもう準備してると思う。長く使うものじゃないからおさがりやレンタルで済ませる人も多いみたい。おもちゃで遊ぶのもかわいい服を着るのも少し先だしね」

小さな手土産だけでも、と思ったが、義姉が授乳中はカフェインや甘いものを控えた方が良いと指導された、と言っていたのを思い出した。それで、お菓子や果物は避け、授乳中でもOKだというハーブティーの小さなパックだけ持っていくことにした。

怜さんと赤ちゃんが入院しているのは御茶《おちゃの》ノ水《みず》駅の近くの大きな病院だった。真紘さんと御茶ノ水橋口の前で待ち合わせして、病院に向かった。

「なんだかどきどきするね、わたし、新生児を見るのははじめてで」

真紘さんが言った。

「わたしは兄のところに子どもがふたりいるので。上の子のときは入院中にお見舞いに行きました。信じられないくらい小さくて、びっくりしましたよ」

下の子のときは仕事の関係で病院には行けず、はじめて見たのは生後二ヶ月になってからだった。

病院の受付で面会バッジを受け取り、エレベーターで産婦人科病棟までのぼる。こういう大きな病院に来るのは、入院中の祖母の見舞いのとき以来だ。大病院には独特の空気がある。点滴スタンドを引っ張りながら歩いている人もいるし、入院患者はみなパジャマ姿。外とは異世界である。

「ここだね」

真紘さんが部屋番号のプレートを見ながら言った。なかをのぞくと、淡いピンク色のカーテンに仕切られてベッドがならんでいる。

「怜さん、どこだろ?」

ちらちらと見ていると、奥のカーテンの向こうから怜さんが顔を出した。

「あ、怜さん」

怜さんはいつもそんなにきっちりメイクしている方ではないけれど、完全なすっぴんに、髪もうしろで束ねただけ。わたしたちが来るとわかっているから、ガウンのようなものは羽織っているが、下はパジャマ姿である。

「ごめんねえ、こんな格好で」

怜さんが笑った。

「えー、あたりまえじゃない、気にしないで」

真紘さんが答えた。

「なんかね、入院中でもすごく忙しいの。授乳訓練とか沐浴《もくよく》指導とか、次から次にやることがあって」

「そっか。休む暇もないね」

「うん、でも、ここでちゃんと習っておかないと、帰ったら全部自分たちでやらないといけないでしょ？　そっちの方が怖い」

怜さんが苦笑いした。

「で、赤ちゃんは？　寝てるの？」

真紘さんが訊いた。

「うん。さっきまでは大騒ぎだったけど。いまは寝てる」

怜さんに導かれ、奥に置かれた小さなベッドの方にしずかに進む。下に車輪がついた病院用のベッドで、赤ちゃんは透明なプラスチックのベッドのなかで眠っていた。真っ白い産着を着て、タオルに包まれている。

「小さーい」

真紘さんが小声で言った。

「こんなに小さいなんて知らなかった」

「そうでしょ？　爪なんか、ほら」

怜さんがそっと、ばんざいしている赤ちゃんの手にふれる。

「うわあ、でもちゃんと爪があるんだね。びっくり」

「頭が大きくて、手足はまだ短いんだよね。頭の上に両手が届かない」

怜さんが笑った。

「寝たり起きたりをくりかえしてるんだよね。夜中でも目が覚めたら大泣きするし。まだわたしの体力が回復してないから、夜は新生児室に預けて眠るようにしてるんだけどね」

「そうか、たいへんだね」

「家に帰ってからの方がたいへんだろうなあ。思ったよりずっと小さくて、ちょっと放っておくと死んじゃいそうで、責任重大すぎてすごいプレッシャーだよ。いろいろ聞いてたけど、全然わかってなかった」

怜さんは笑った。

それから赤ちゃんの様子を見たり、怜さんの話を聞いたりしていたが、しばらくすると赤ちゃんが泣きはじめ、怜さんは授乳をはじめた。これもまだ全然慣れなくて、とけっこう苦労しているみたいだった。

真紘さんもわたしも赤ちゃんを抱っこさせてもらったが、小さい上にほやほやと頼りなく、落としてしまいそうですぐに怜さんに戻した。あまり長居しても迷惑だろうと思い、真紘さんと早々においとました。

「赤ちゃんってあんなに小さいんだね。抱っこするのも怖かったー。でも、かわいいなあ」

病院を出てから真紘さんが言った。

真紘さんはこのあと別の用事がはいっているが、まだ時間に余裕があるとのことで、御茶ノ水駅の近くでお茶を飲んだ。萌さんの焼き菓子の話が出て、迷っていた連句のお菓子のことを思い出し、いいお菓子がないか真紘さんにも訊いてみた。

「三月のお菓子で餡子がはいってないものかあ。和菓子の方がいいんだよね？」

「規則じゃないんですけど、祖母の好みで、これまでは和菓子か、和菓子屋で売ってるお菓子だったんです。ほかのメンバーも手土産を持ってくることがあるんですけど、わたしが用意するお菓子は和菓子だと思っていると思うので」

「なるほどね。わたし、和菓子にはあんまりくわしくないんだけど……。餡子がはいってなくて甘いものっていうのもむずかしいよね」

真紘さんが考えこむ。

「そうなんですよ。黒餡だけじゃなくて、白餡も黄身餡も苦手ってなると、和菓子にはなかなかなくて。甘いのって言ったらなんだろう、干菓子《ひがし》とか……。でも干菓子って季節感はないですよね」

「干菓子……?」

真紘さんがなにか思いついたような顔になった。

「そういえば、前に桜の形をした干菓子をもらったことがあった。干菓子はあまり好きじゃないけど、それはすごくきれいで、おいしかったからよく覚えてるんだ。えーと、たしか『桜干菓子』って名前で……」

真紘さんがスマホで検索する。

「あ、これこれ」

そう言ってこちらに差し出した画面には、御菓子司《おかしつかさ》塩野《しおの》という和菓子店の桜干菓子の写真が表示されていた。

「わあ、きれいですねえ」

桜干菓子と言っても一種類ではなく、「吉野桜」「八重桜」「山桜」の三種類があるらしい。八重桜と山桜は錦玉《きんぎょく》製らしく、落雁《らくがん》とちがって透明感がある。

「見た目だけじゃなくて、すごくおいしいんだよ。干菓子っていってても硬くなくて、しゃりしゃりした食感で」

真紘さんが言う。あずきブックスでおいしい料理を作っている真紘さんが言うんだからまちがいないという気がしたし、わたし自身、その写真のうつくしさにときめいた。

それで、真紘さんと別れたあと、御菓子司塩野のある赤坂《あかさか》に向かった。

桜干菓子は予想以上のうつくしさだった。日持ちも十日間なので、連句会までじゅうぶんもつ。

これなら祖母も納得してくれるかな。そう思いながら、吉野桜、八重桜、山桜を合わせて箱に詰めてもらった。

4

連句会の日はよく晴れていた。会場は大田文化の森の集会室。大森《おおもり》駅からバスで五分、歩いて十五分くらい。

文化の森の建物に着き、エレベーターで集会室のある階までのぼる。会場に着くと、航人さん、桂子さん、蒼子さん、鈴代さん、それに久子さんとそのお友だちの姿があった。

ショートカットに黒縁の丸メガネ。丸顔にカジュアルなジーンズ姿。なんとなく個性的なその人は、なんと小説家だった。上坂柚子《かみさかゆず》というペンネームのミステリ作家で、わたしも何冊も本を読んでいた。

ミステリと言っても、殺人事件が出てくるようなタイプではなく、いわゆる「日常の謎」系と呼ばれるジャンルで、ユーモラスな展開の短編連作「総務課柿森美咲《かきもりみさき》の迷推理」シリーズで有名だった。

柿森美咲シリーズは十巻を超える人気シリーズである。大手文具メーカーの総務課に勤める女性社員・柿森美咲が社内外で起こった奇妙な出来事を解決していく、という内容だが、美咲はまったく名探偵ではなく、推理はいつも外れているのである。ところが、その外れた推理をもとに行動していくと、なぜか最後は正解にたどり着き、事件は一件落着となる。

美咲は美人だが自信満々なわりに不器用だし、騒がしいし、なにより推理がまちがっていて、同じ課の冷静な後輩・千鶴《ちづる》からしょっちゅう諭されている傍迷惑な存在なのだが、なぜか憎めない。目的に向かって突き進む姿に励まされる、という読者も多かった。

前に勤めていた書店では新刊が出るたびにコーナーを作っていた。去年の春に完結してしまい、その後は新刊がなく、上坂先生の次の本はいつ出るんだろう、と思っていたのだ。

上坂先生はあまり人前に出ないので、いままでどんな人かまったく知らなかったが、本はもちろん読んでいたから、本人を前にしてすごく緊張してしまった。

「わたしはずっと書店員をしていて、上坂先生の『総務課柿森美咲』シリーズは全部読んでます。完結してしまって、すごくさびしく思ってました」

どきどきしながらようやくそう言った。

「え、ほんとに？　うれしい〜！　読んでくれてる人がいるなんて」

上坂先生がにこにこ答える。

「なに言ってるの、柚子さんは人気作家でしょ。新刊が出るたびにどーんと平積みされてるじゃない？」

久子さんが笑う。

「そんなことないよ、賞も取ってないし、ドラマ化もされてないもん。知ってる、っていう人はいても、読んでる人と会うことって案外ないんだよ」

上坂先生ほどの作家でもそんなふうに感じているのか、と少し意外な気がした。

久子さんの話によれば、上坂先生は柿森美咲シリーズの完結のあと、新境地開拓を目指して、江戸ものに挑戦しようと構想を練っているところらしい。時代小説ではあるが、幕府などが出てくる歴史小説風の物語ではなく、江戸の日常を謎解きを交えながら書くのだそうだ。

「江戸の町で商いをしている女性が、お客さんの依頼で謎解きをする、っていう内容なんですよ。いろいろ取材して、舞台を組紐屋《くみひも》にしようってところまでは決めたんですけど、江戸の文化に関する取材にけっこう時間がかかっちゃって」

上坂先生は言った。

「組紐屋！　素敵ですねえ」

鈴代さんが目を輝かせる。

「最近、着物に目覚めたんです！　まだ半幅帯《はんはばおび》しか締められないので、ひとりではカジュアルな着物しか着られないんですけど、小物にも惹かれて、いろいろ買っちゃってるんですよぉ」

「そうなんですか。実はわたしも浴衣《ゆかた》くらいしか着たことないんですけどね。ただいま絶賛勉強中、って感じで。連句のことも、久子さんから聞いたんです。江戸期にすごく流行ってた遊びだって。大学の授業で習った気はするんですが、実際に参加するのは今日がはじめてなんです」

「大丈夫ですよ、柚子さん、短歌だってすぐできるようになったじゃないですか」

久子さんが言った。

「いや、あれがほんとに短歌って言えるのか、自分でも疑問なんですけど」

上坂先生がへへへ、と笑う。

「大丈夫大丈夫。連句はいろいろ小難しいルールがあって、わたしもあんまりわかってないんですけど、そういうのはここにいる航人さんが教えてくれますから」

久子さんは航人さんの方を見た。

「あんまりわかってない、って……。もう何回も巻《ま》いているのに……」

航人さんが苦笑いする。

「たしかにルールはたくさんありますけど、決してむずかしくはないですから。ねえ、皆さん」

航人さんは言い訳するように言ってから、わたしたちを見まわした。

「うーん、むずかしくないか、って言われると微妙ですけどぉ……」

鈴代さんが首をかしげる。

「でも、大丈夫です！　わたしも最初のときからなんとかなりましたし。それに、ルールが全部わからなくても句は出せます！」

鈴代さんはにこっと笑ってそう言った。

話しているうちに直也《なおや》さん、悟さん、萌さん、陽一《よういち》さんもやってきた。蛍《ほたる》さんは今日は大学の行事でお休みなのだそうだ。萌さんも上坂先生の本を読んだことがあるようで、驚いてしばらく固まっていた。

連句がはじまり、発句《ほっく》は春。みんな目の前の短冊を手に取る。

「今日は柚子さんがはじめてですから、少し説明しながら進めていきますね。なるべくわかりやすくお話ししますから」

航人さんは冗談っぽくそう言った。

「いつものメンバーは何度も聞いて耳タコ状態になっているかもしれませんが」

そう前置きして、連句のあれこれを説明する。

連句を作ることを連句を「巻く」ということ。集った人たちを「連衆《れんじゅう》」、連句を巻く場を「座《ざ》」と呼ぶこと。

連句の付け方にはいろいろな方法があるが、ひとつばたごでは、句は毎回みんなで出し合って、進行役である「捌《さば》き」がその場にふさわしい句を選ぶ、という方法をとっていること。

いつも巻いているのが五七五の長句《ちょうく》、七七の短句《たんく》が三十六句つながる「歌仙《かせん》」という形式であること。

「江戸期の人たちもその歌仙という形式で巻くことが多かったんですよね。当時は俳諧《はいかい》と呼ばれていた、とか」

上坂先生が言った。正式には「俳諧の連歌《れんが》」あるいは「俳諧連歌」と呼ばれ、むかしからの正統の連歌より遊戯性を高めたものであることなども知っていた。

「もういろいろ調べられているんですね」

航人さんが言った。

「そういう知識は一応。でも自分で巻いてみないと雰囲気がわからないので」

柚子さんが答える。

「たしかにそうですね。江戸時代とは紙も筆記用具も違いますけど、ひとつばたごではその目の前に置いてある短冊《たんざく》に句を書いて、前に出すことになってます。最初の句を『発句』というのはご存じだと思いますが」

「はい。俳句のもとになったものですよね。挨拶《あいさつ》句だと書かれていましたが」

「そうです。客人が発句を出し、『脇《わき》』と呼ばれる二句目はその座の亭主が付ける、と言われていました。ですが、ここではどなたの句でも良いことにしています。挨拶句ですから、ここに来ての印象でもよし、道中見たものでもよし」

「なるほど」

上坂先生がうなずく。

「これも言わずもがなですが、発句は長句、つまり五七五です。そして、その季節の季語《きご》を入れる。いまは春ですから、春の季語ですね」

「はあ、季語……。それはまたずいぶん久しぶりに聞く言葉ですねえ」

上坂先生はそう言って、目の前の短冊を一枚手に取った。

「季語が思いつかない場合は、歳時記《さいじき》を使うといいみたいですよ。ここに山のように季語が載ってますから」

久子さんがそう言って、すすすっと上坂先生の前に歳時記を押し出す。上坂先生は歳時記をめくりながら、これも季語なのか、と感嘆の声をあげている。

わかる。わたしも最初に見たとき、あまりにも多くのものが季語なので驚いたから。なにしろ「うららか」や「のどか」などの言葉も春の季語なのである。

上坂先生は歳時記をぱらぱらっとめくったあと、うーん、と小さくうなって、ペンを取った。そのまま短冊になにか書いては消している。

久子さん、桂子さん、悟さん、直也さんはもう句ができたらしく、航人さんの前にはすでに何枚か短冊がならんでいる。わたしも考えなくちゃ、と思ってペンを取ったとき、上坂先生が短冊を出すのが見えた。

「ああ、これは楽しそうでいいですね。いま考え中の人がいなければ、こちらにしようと思います」

航人さんが先生の句を見て言った。

春の日に揺られて楽し路線バス

上坂先生の短冊にはそう書かれていた。鈴代さんが、いいと思います、と言い、わたしも、まだ句を出していない陽一さん、萌さんといっしょにうなずいた。

「やった！　なんだかわからないけどビギナーズラック！」

先生がガッツポーズをする。

航人さんが蒼子さんに短冊を渡すと、蒼子さんがホワイトボードに句を写した。

「そういえば柚子さん、ここまで来るバスでもいちばん前の席に座ってノリノリで外を見てましたよね」

久子さんが笑った。

「わたし、路線バス大好きなんですよ。高いところから景色を見られるし、ウキウキするんですよねえ。暇でお金がなかったころはよく『路線バスだけでどこまで行けるかチャレンジ』をしてました。一日かけて、まったく知らないところまで行ったことも何度か」

上坂先生が笑った。

「路線バスだけでどこまで行けるかチャレンジ……。ほんとにやる人はなかなかいないですよ。さすが小説家さんは行動力がちがいますねえ」

悟さんがうなる。

「いや、単にそのころは、ほかになにもすることがなかったんです」

先生がキリッとした顔で言う。

「学生時代、電車でずいぶんあちこちに行きましたけど、どうしてもあらかじめ時刻表でいろいろ調べてしまうんですよね。完全に無計画で電車に乗ったことはないかも……」

鉄道好きの直也さんが言う。

「鉄道好きにとっては、時刻表で調べるところも楽しみのひとつですからね。無計画にどこまでも行くっていうのは僕もあまり考えたことがなかったです」

陽一さんがうなずいた。

「柚子さんはお名前はどうしますか。連句の席ではお互いに名前で呼ぶことになっていて、この場だけの名前にしてもいいんですが」

「そうですね。柚子のままで大丈夫です」

その答えを聞き、蒼子さんがホワイトボードの句の下に「柚子」と書き入れた。

「じゃあ、脇ですね。ちょうど客人の柚子さんが発句を出してくれたので、ここは捌きのわたしが脇を付けます」

航人さんがそう言ってペンを取り、さらさらっと短冊に句を書く。

となりの人の肩先に蝶

「かわいいですね。肩先にリボンみたいに蝶が止まっているみたい」

航人さんの句を見て、蒼子さんが言った。

「前に外からつけたまま乗ってきちゃった人を見たことがあるんですよ」

航人さんが笑った。

「よく付いてるし、いいんじゃなぁい？」

桂子さんがうなずく。桂子さんはひとつばたご創設時からのメンバーで、俳人でもある。メンバーのなかでは最高齢だが、声もお肌もつややかである。

「そうですね、柚子さんのために説明しておくと、脇は発句と同時同場、発句に寄り添って付け、体言《たいげん》で終わる、という決まりがあるんです」

「なるほど」

上坂先生、ではなく、柚子さんはうなずきながら手元の小さなノートにメモを取っている。

「じゃあ、先に進みましょうか。次は第三《だいさん》。ここはまだ春の句のままですが、発句、脇とは大きく離れた方がいい。そして、最後を『して』や『て』などにして、続くような雰囲気で終わる」

「なるほどなるほど」

柚子さんがさらにメモを取る。

「あと、発句が『自《じ》』の句ですから、『自』以外にしないといけないんですよね」

久子さんが言った。

「久子さん、ちゃんとわかってるじゃないですか。その通りです」

航人さんは笑いながら言って、自他場《じたば》の説明をした。

連句では句を人が出てくる句と出てこない句に分ける。出てこない句を「場《ば》」の句と言う。人が出てくる場合は、自分について詠《よ》んだものは「自」、他人について詠んだものは「他《た》」、自分と他人両方が出てくるのは「自他半《じたはん》」となる。

「なるほどなるほど。ちょっとむずかしくなってきた。久子さんがややこしいって言ってたのがわかってきましたよ」

柚子さんが言った。

第三には久子さんの「うららかな砂浜に波打ち寄せて」が付いた。「肩先に蝶」

とは付いているが、路線バスとは大きく景色が変わっている。

四句目には、わたしの出した「柱時計が正午知らせる」が取られた。

春の日に揺られて楽し路線バス　柚子
　となりの人の肩先に蝶　航人
うららかな砂浜に波打ち寄せて　久子
　柱時計が正午知らせる　一葉

「ここまでずっと屋外の句が続いてましたからね。このへんで室内の句がはいると、また空気が変わる。次に続けやすい良い句です」

航人さんにそう言われて、少しうれしくなる。四句目には軽い句が良いと前に聞いた。発句、脇、第三と丈高《たけだか》い句が続くので、ちょっとほっとできる句が良いのだ、と。祖母もこの四句目がうまかった、と聞いていたし、わたし自身、四句目のさりげなさが好きだった。

「発句が自の句で、脇は自他半。第三は場で、四句目も場の句ですね」

蒼子さんが説明した。

「それで、前の前の句を『打越《うちこし》』って言って、自他場が打越と重ならないようにするんですよ。打越と似ていると前に戻っちゃうっていう考え方で……」

久子さんが言った。

「なるほどぉ。へええ、おもしろい。前の前からは離れるから、一見支離滅裂に見えるけど、前の句とだけはちゃんとつながってる」

柚子さんは、連句の基本をすぐに飲みこんでしまった。実作の体験がないだけで、連句のこともずいぶん調べてきているみたいだ。祖母のお菓子を届けるためにぼんやりこの場に来てしまったわたしとは全然ちがうな、と思った。

5

続いて五句目は月の定座《じょうざ》。秋の月である。ここは悟さんの句が取られ、次は直也さんの秋の句。それで表六句《おもてろっく》が終わり、お茶の時間になった。

「なるほど、表六句のあいだは真面目にやらなくちゃいけないけど、ここからは少し肩の力を抜いていいってことですね」

柚子さんが言った。

「そうそう。ここでアルコールが出てくる会もあるみたい。昼間だからこの会ではアルコールは避けてるんだけど、代わりにおいしいお菓子があるんだよね」

久子さんが言った。

「あ、お菓子のこと、すみません。わたしが餡子が苦手だと言ったせいで、いつものお菓子と替えてもらったって……」

柚子さんが言った。

「はい。それで今回ははじめてのお菓子にしてみたんです。お口に合うかわからないですけど」

わたしはそう言って、紙袋から包みを取り出した。包装紙を開き、蓋を開ける。

「桜だあ♡」

鈴代さんが目を輝かせる。いつもながら、うしろに絵文字がついているのが見えるようだ。

「すごくきれい。干菓子ですよね？」

柚子さんが訊いてきた。

「はい」

「三種類あるんですね」

蒼子さんが言う。

「はい、白と薄紅のグラデーションになっているのが『吉野桜』。寒氷《かんごおり》製だそうです。二重仕立てのは『八重桜』。『八重桜』とこちらの『山桜』は錦玉製です」

お店で聞いた説明を思い出しながら答える。

「知人に紹介されて、はじめて買ってみました。『八重桜』をひとつ買って味見したんですけど、しゃりしゃりっとしてて、干菓子だけど半生な感じで……」

「なんだか食べるのがもったいないわねえ」

桂子さんが、ふぉふぉふぉっ、と笑う。

「桜を食べちゃうみたい」

「桜もちとはまたちがって、でもこれもこの季節ならではのお菓子ですね」

久子さんも興味しんしんという感じである。持ってきた懐紙《かいし》を配り、それぞれにお菓子を取ってもらった。みんな、食べるのがもったいない、と言いつつも、お菓子を口に運ぶ。

「おいしーい」

萌さんが言った。

「これは食べるのがもったいないけど、食べないのはもっともったいないですね」

悟さんもしみじみとした顔で言う。

「これは……おいしいです。和菓子はあまり食べないけど、とても繊細で……」

柚子さんも気に入ってくれたみたいだ。

「一葉さん、お菓子選びにだいぶ迷ってたのに、よくこんな素敵なお菓子を見つけましたね」

萌さんがわたしに言った。

「真紘さんに教えてもらったんです。怜さんのお見舞いに行った帰りに」

「怜さんの？　怜さんのところ、赤ちゃん生まれたんですよね」

蒼子さんが言った。二月の連句会は祖母の墓参りも兼ねて、あずきブックスの近くの古民家を改装した施設のレンタルスペースでおこなった。そのときにあずきブックスにも寄って、お腹の大きな怜さんと会っているのだ。

「一葉さん、赤ちゃん見たんですか。いいなあ。かわいかったでしょ？」

萌さんが言った。

「かわいかったし、やっぱりすごく小さかったです」

「そっかあ。なつかしいなあ」

萌さんのところのお嬢さんは小学生と幼稚園児。まだまだ小さいけど、新生児はまた別格、と萌さんは言った。子どもを育てた経験のある桂子さん、蒼子さん、久子さん、直也さんの育児関係の話題がしばらく続いた。

「あ、あずきブックスって言えば、最近少女マンガの話が出ましたよね。一葉さんのお母さんも若いころ、けっこう少女マンガを読んでたっていう……」

萌さんが思い出したように言う。

「えー、ほんと？　わたしもかなり読んでた」

蒼子さんが身を乗り出した。

「わたしも読んでましたよ。わたしの初期の短歌は、少女マンガの影響をしっかり受けてます」

久子さんがふふふ、と微笑む。

「わたしもめちゃ読んでましたねえ。バイブルがたくさんありますよ」

柚子さんも目をかがやかせた。

「少女マンガの影響力は大きかったですからね。わたしもむかし読んでましたよ。そのころは男性が少女マンガを読むのも全然恥ずかしいことじゃないっていうか、むしろ高尚だって思われてましたから。ねえ、航人さん」

直也さんが航人さんに訊いた。

「そうですね。難解で文学的なものも多かったですし、僕も大学時代にずいぶん読みましたよ。十代の作家がこれを描いてたのかあ、って驚愕したなあ」

航人さんが答える。

「わたしはそれより下の世代ですけど、めちゃめちゃ読んでましたねぇ。古いものから連載中のものまでいろいろ。少女マンガ特集の雑誌とかが出ると、いまでもけっこう買っちゃいますし」

鈴代さんも浮き浮きした声になる。

「ですよねえ。実はそのときも、あずきブックスでトークイベントとかできたらいいよね、って話が出たんです。お客さんが来て話が途中になっちゃったんですが」

萌さんが言うと、久子さんが、えーっ、と声をあげた。

「少女マンガの話するんだったら、わたしも出たい」

「ほんとですか？」

久子さんの言葉に驚いて、思わず立ち上がりそうになった。

「そんな企画だったらわたしも出たいですよ。人前でしゃべるのは苦手なんですけど、少女マンガに関してだったら一晩じゅうでも語れる」

柚子さんの鼻息が荒くなる。

「え、そしたらそしたら、ちょっとあずきブックスで泰子さんに提案してみてもいいですか！」

即座に萌さんが訊く。

萌さん、すごいなあ。こういうのはほんとはお菓子を焼きに来てる萌さんじゃなくて、書店のスタッフであるわたしが提案しないといけないのに。こういうとき、すぐに反応できないのが情けない。

「もちろん。わたしもあずきブックスなら近いし、柚子さんもそんなに遠くないですよね」

「上野桜木《うえのさくらぎ》でしょ？　全然問題なし。チャリなら十五分で行けるから！」

柚子さんは力こぶを作るように腕を曲げた。

6

裏《うら》にはいるとすぐに恋の座。表の月の座から秋の句が続いていたが、恋にはいって「雑《ぞう》」と呼ばれる季節のない句が続き、冬の月に。「また月ですか」と言う柚子さんの質問に、航人さんが月と花の定座の説明をする。

歌仙という形式は、全部で三十六句からなり、はじめの六句を表《おもて》、次の十二句を裏、その次の十二句が名残《なごり》の表、最後の六句を名残の裏と呼ぶ。

表とか裏というのは、むかしの句の記録方法にちなんだもの。江戸期には奉書を横長にふたつに折り、これを「折」と呼んだ。一枚目を一の折、二枚目を名残の折といい、この二枚を水引で綴じる。

懐紙式と呼ばれる形式で、一の折は表に六句、裏に十二句。名残の折は表に十二句、裏に六句を書きつける。わたしたちはふつうにノートに記録するけれど、表、裏という呼び名はそのまま使っている。

このうち、表の五句目あたり、裏の七句目あたり、名残の表の十一句目あたりが月の定座。裏の十一句目と名残の裏の五句目が花の定座である。つまり、一巻のうちに月を三回あげ、花を二回咲かせる。これは連句の大事なルールなのである。

「やっぱり覚えることが多くて、大変だなあ」

柚子さんがメモを取りながら嘆く。

「覚えなくても大丈夫ですよ。この会では航人さんがちゃんと教えてくれるし。がんばって覚えるものじゃなくて、続けていると身体に染みこんでくるっていうか。無理に覚えた状態だと、結局頭で考えたものになっちゃいますから」

久子さんが言った。

「そうかあ。でも、小説に書くにはある程度把握しておきたいですし」

柚子さんがうーんとうなる。

「やっぱり本の知識だけじゃダメですね。これはあと何回か来たほうがいいかも」

「ええ、ぜひ。毎月巻いてますからね。いつでもお越しください」

航人さんがにこにこ笑ってそう言った。

裏の最後に花の句が出て、そこから名残の表のはじめまで春が続いた。その後はしばらく無季《むき》の句に。名残の表になると、裏よりもさらにくだけて、自由な句が出はじめる。鈴代さんの「美しき背の野球部の君」に、萌さんの「図書室の書架の隙間を通る影」が付く。

「『美しき背』って、なんかときめきますねえ。背中が美しい男子っていうのが、よきです」

柚子さんが言った。

「図書室の句の方は女性でしょうか。『野球部の君』のことが好きな女子学生が書架のあいだを歩いてるとか……」

悟さんが宙を見上げる。

「男子もありですよ。うちは娘の方が活動的で、息子の方が本を読むんです」

蒼子さんが言った。

「とすると、野球部の君だって女子かもしれないわよねぇ。いまは女子の野球だってあるでしょ？」

桂子さんが言った。

「背中の美しい女子！　それもそれでよき。なんにしても、青春ですね」

柚子さんが大きく頷いた。

「いや、図書室の方はわからないですよ。意外と高齢の司書だったりして」

悟さんが笑った。

「さてさて、このあたりで一度季節を出したいですね。裏の月のあたりで冬を出したから、ここでは夏」

航人さんがそう言ったとたん、陽一さんが短冊に句を書き、さっと出した。

夏のおわりのト短調聴く

「うわ、『夏のおわりのト短調』来た！」

柚子さんが大きくのけぞった。

「おやつタイムの少女マンガネタがついにここで来ましたね」

直也さんが腕組みする。『夏のおわりのト短調』は大島弓子《おおしまゆみこ》さんの有名な作品で、名前だけは聞いたことがあった。

「いいと思いますよ。これはどうしますか？『夏のおわりのト短調』に鉤括弧《かぎかっこ》つけますか？　最後を『読む』にすれば、マンガのタイトルだってはっきりわかると思いますが……」

航人さんが陽一さんに訊く。

「いいえ、ここは、鉤括弧なしで、『聴く』にします。マンガのタイトルじゃなくてふつうの音楽とも取れるような感じで……。まあ、取れないですけど」

陽一さんが笑った。

「わかりました」

航人さんがうなずき、蒼子さんに短冊を渡した。

「実は、僕は少女マンガのなかではいまだにこれがいちばん、っていうくらいこの作品が好きで」

陽一さんが言った。

「ええーっ、ほんとですか。あれはなかなか怖い作品ですよねぇ。わたしは最初読んだとき、胸がざわざわして、眠れなくなっちゃいました」

鈴代さんが言った。

「そうなんですよね。絵柄はかわいいけど、人が壊れていく話ですからね」

萌さんもうなずく。

「人が壊れる？　どんな話なんですか？　わたし、読んだことがないんですけど」

気になって、思わず訊いた。

「え、一葉さん、読んだことないの？」

蒼子さんが目を丸くする。

「すみません、マンガのことはそこまで……。書店に就職してから、先輩に教わって読んだ程度で」

「ああ、そうか。一葉さん、若いもんねえ」

萌さんはそう言って、『夏のおわりのト短調』のあらすじを教えてくれた。

両親が仕事でアメリカに行くため、叔母の家に預けられることになった高校三年生の袂《たもと》が主人公。袂は以前から叔母の蔦子《つたこ》やその家族が住む洋館に憧れていたのだが、実際に住んでみると、表から見ていたのとは全然ちがう姿が次第にあきらかになってくる。

長男は表面的にはいい息子だが実は不良で遊び歩いている。蔦子の夫は外にほかの女性がおり、蔦子自身も、完璧な妻、完璧な母親を演じることにとらわれている。やがて蔦子は袂を自分の思い通りにしようと行動をすべて監視するようになり、袂はそれに耐えられず逃げ出す。

「そこまでの蔦子さんの描写もいろいろ怖いんだけど、その後の展開がね。でも、これから読むならネタバレになるから、ここから先は話さない方がいいかも」

萌さんが笑った。

「そう、最後がすごく……。救いがないとも思うんだけど、そういうことを超えたうつくしいものを見た、って気持ちになったんですよね」

陽一さんが言った。

「人の心の純粋な部分がむき出しで、ぽん、と手渡されたみたいな……」

「ああ、なんかわかるような気がします」

蒼子さんが目を閉じる。

「大島弓子さんはむずかしいんですよね。いつも死のことを考えている作家という印象もあって」

直也さんが言った。

「そうですよね、『夏のおわりのト短調』も、叔母が壊れていく話なんですけど、わたし、あれはもしかしたら、ほんとは母が壊れる話なのかも、って思うんですよ。ほら、白雪姫とかももともとは実の母親だったのを、怖すぎるから継母にした、みたいなのってあるじゃないですか」

柚子さんが語り出す。

「子どもにとっては、母親が壊れていく、ってすごく怖いことだと思うんです。まず『母親が人間である』ってことが怖いんですよ。小さいころって、母親はなんていうか『世界が人間の形を取ったもの』みたいな感覚があって、その母親も人間で、いろんな欲や苦しみを持っている、ってわかることが、それだけでもうじゅうぶん怖い。さらにそれが壊れる、っていうのは……」

「なるほどぉ。おもしろいですね」

萌さんが身を乗り出す。

「まあ、男にとっても、母親が人間だっていうのはちょっと怖いんですけど、女性の方がより感じるところがあると思うんですよね。男性より母親との一体感が強い、というか。良くも悪くもですけど、逃れられない、みたいな」

陽一さんが言った。

「そうなんですよねえ。そのあたりがなまなましくて、読むのが怖かったんですけど。でも、いま子どもができてみると、蔦子さんも少女のように思えてくるんですよね。っていうか、人はみんなほんとはずっと子どものままで、いろんなものを上にまとって大人としてふるまってるだけなんじゃないか、って。壊れていくんじゃなくて、まとってたものが剝がれていく、っていうか」

萌さんがそう言うと、蒼子さんも、わかる、とうなずいた。

「あの世界がぐらぐらする感じ、わたしには書けない世界だなあ」

柚子さんがふううっと息をついた。

「じゃあ、こちらはどうでしょうか」

久子さんが航人さんの前にすすすっと短冊を出す。みんながしゃべっているあいだに、ひとりこっそり書いていたらしい。

夕焼雲亡き母と手をつなぐよう

「いいんじゃないですか。夕焼が夏の季語ですね。ここは『ゆやけぐも』って読むのでいいですか」

航人さんが言った。

「はい、それで」

久子さんが微笑みながらうなずく。

「久子さん、さすがだなあ。こういうとき、ひとりしれっと句を作ってるんですよね。うーん、悔しい。『夏のおわりのト短調』にはわたしも付けたかったのに……」

柚子さんが悔しそうに言った。

美しき背の野球部の君　　鈴代
図書室の書架の隙間を通る影　　萌
夏のおわりのト短調聴く　　陽一
夕焼雲亡き母と手をつなぐよう　　久子

「『夏のおわりのト短調』、僕も読んだときは衝撃を受けたんです。皆さんがおっしゃっていたように、世界がぐらぐらする作品で。先ほどの柚子さんの『ほんとうは母親だったんじゃないか』という説も、少しわかるような気がするんですよ」

航人さんが言った。

「思春期って、そういう時期でしょう？　親や世界の見え方ががらっと変わる。完璧だと思っていた親は実は弱さを持つ小さな人間にすぎないし、盤石だと思っていた世界も信用ならないものだとわかる。自分のことだってわからなくなる」

「そうですね……」

柚子さんがうなずいた。

「そう考えるとね、思春期っていうのは、心の臍《へそ》の緒《お》が切れるときなのかもしれない、って思うんですよ。それまではぼんやり親が作った胎内のようなところにいるけど、そこを出ていかないといけない時期と言いますか」

航人さんが久子さんの短冊を見ながら言う。

「心の臍の緒……」

柚子さんがぽかんと航人さんの顔を見た。

「僕はそれがちゃんと切れてないのかもしれないなあ」

航人さんが少し笑った。

「母親が小さいころに亡くなったんですよ。だから、母に対してはぼんやりした甘い思い出しかない。別の顔を見るところまで、いっしょにいられなかった」

航人さんの言葉に、みんなじっと黙った。前に蒼子さんから、航人さんのお母さまが早くに亡くなったことを聞いた。航人さんは次男で、お父様は優秀な長男にしか興味がなく、航人さんは祖父母のもとで育った、ということも。

「臍の緒はねぇ」

桂子さんが大きく息をつく。

「切れたと思っても、案外切れてないものなのかもよ。わたしの母ももうだいぶ前に亡くなりましたけどね、いまでも思い出すんですよ。なにかをするごとに、まだ自分が母に縛られてる、ってわかる。自分も子どもを縛っているのかもしれない、とも思う」

萌さんが言った。

「そうなんですよね。わかります」

「親は人ひとりの命を預かるわけだけど、別に完璧な人間じゃないじゃないですか。ふつうの人間だから、できないことだらけなのに。でも子どもたちは、こっちをなんでもできる存在だと思って頼ってくる。その目を見てると、自分もむかしはそうだったなあって」

萌さんの言葉に、桂子さん、蒼子さんも深くうなずく。

赤ちゃんを抱っこしていた怜さんの姿が目に浮かんだ。はじめての子で、しあわせそうだが、授乳にも苦労しているようだった。

その姿が神々しくもあり、悲しくも思えた。

「臍の緒かあ。どっかにとってあったかな。今度探してみよう」

柚子さんが言った。


それから名残の表でもう一度秋の月があがって、名残の裏へ。最後は桂子さんの花の句と悟さんの挙句《あげく》で終わった。

最後、タイトルをつけるところで、一巻をふりかえる。月、花の句の一部や「短調」なども候補にあがったが、航人さんが、今回は「春のバス」がいいんじゃないでしょうか、と言った。

「柚子さんの最初の句ですね。なんていうか、今日は結局ずっと柚子さんのバスの句が頭にあった気がするんですよ」

航人さんが言った。

「みんな柚子さんと同じバスに乗せられちゃったのかもしれませんね」

久子さんが笑った。

「じゃあ、この巻のタイトルは『春のバス』で」

「やったあ、なんだかわからないけどビギナーズラック！」

柚子さんがまたしてもガッツポーズを決める。

気が向くままにバスを乗り継ぎ、知らない場所にたどりつく。連句もそれに似ている気がした。

たんぽぽの綿毛のように

1

連句会の翌日、お店を閉めたあとに、少女マンガイベントのことを泰子さんと真紘さんに話してみた。

「イベントかあ。そりゃ、久子さんは有名人だし、上坂先生も人気作家だから、開催できたらお客さんは呼べるかもしれないねえ」

泰子さんは関心を示しつつも、少しためらいがあるみたいだ。

「久子さんも柚子さんも、開催するなら登壇します、とおっしゃってました」

泰子さんがためらう原因がわからないまま、そう答えた。

「でも、おふたりに謝礼を出すわけでしょう？　いくらの会費で何人集まればいいんだろう」

泰子さんが腕組みする。

「だいたい、トークショーの謝礼って、いくらくらいなんでしょうか」

真紘さんも首をかしげた。

「そうですねえ……」

わたしもそのあたりのことはよくわからない。

「うちのカフェだと、椅子は全部で二十四脚。机をどかして椅子だけにするとして、折りたたみ椅子を導入すれば、あと十脚くらいは入れられるけど……」

泰子さんがカフェを見まわす。

「そうですね、真ん中の大テーブルをどこかに移動できれば」

真紘さんが言った。

「それは裏庭に出せば大丈夫だと思うよ」

「雨だったらどうするんですか？」

「書店の方の通路に入れられるんじゃないでしょうか。通路をふさいでしまうので、通れなくなってしまいますが」

わたしは答えた。カフェの真ん中にある大テーブルは、正方形に近い形に見えるが、実は二台をならべたものなので、書店の方の通路に入れられないこともない。

「お店も見てもらいたいから、通路に机を入れるのは奥の手にしたいけどね」

泰子さんが笑った。

「ともかく定員二十四人だと、会費一〇〇〇円で二万四〇〇〇円にしかならないじゃない？　それじゃ、ふたり分の謝礼は払えないでしょう？　スペース的にはプラス十人できるとしても、イベントのために椅子を買うっていうのも……」

「折りたたみ椅子なら貸してくれる業者があると思います」

真紘さんはスマホを取り出し、イベントレンタルの業者のサイトを検索した。シンプルなパイプ椅子なら二日間数百円で借りられるらしい。泰子さんはちょっと宙を見あげてから、エプロンのポケットにはいっていた電卓を取り出した。

「椅子を十二脚借りて十脚を客席に回せば三十四人はいれるとして……。チケットを一五〇〇円にして、三十四席埋まれば、五万一〇〇〇円にはなるよね」

そう言ってから、うーん、とうなる。

「こっちはお店の告知用のイベントだと割り切って、うちにはいるのはカフェの飲食代と本の売り上げのみ、チケット代をまるまる謝礼にまわせば……。でもまだちょっと少ないかなあ」

泰子さんが首をひねる。

「チケット代をもう少し高くしてもいいんじゃないですか？　二〇〇〇円にしてワンドリンク付きにするとか」

真紘さんが提案する。

「えー、でも、そしたらドリンク代持ち出しってこと？」

泰子さんが真紘さんを見る。

「ドリンクの原価は低いですから。最初の一杯はサービスでもいいんじゃないでしょうか。それで、追加ドリンクで利益を出すんです。二時間くらいのイベントで途中にブレイクを入れれば、オーダーもはいると思いますし」

「なるほど」

「それに、トークが終わったあとも会場をしばらく開けておけば、そこでまた追加してくれる人もいると思います」

「そうですね。トーク終了後に本を買ってくれる人もいそうですね」

わたしは言った。

「たしかにそうかもしれない。でも、そのあいだ、書店の方はどうする？　書店にふらっと来た人でもトークを聞けちゃうっていうのは良くないでしょう？」

「そういうイベントはたいてい夜なんじゃないですか？　お客さんの多い土日の昼間にイベントを入れたら、かえって損しちゃうかもしれないですし」

真紘さんが笑う。

「金曜土曜の夜でしょうか」

わたしは訊いた。「あずきブックス」は、水曜定休。それ以外の平日は五時まで。金土日は七時までの営業だ。

「六時半開場、七時スタートにすれば、ぎりぎりなんとかなるね。書店はイベントスタート直前まで開けておいて、早めに来たお客さんは書店を見てまわれるようにする。それで、イベント開始とともに書店の方は閉めちゃう。イベントで来たお客さんだけ、あとでも買い物できるようにする、とか」

泰子さんが言った。

「空席があれば、書店にふらっと来た人向けに当日券を出すこともできますね」

「そうだね。当日券は、前売りよりちょっと高めにしてもいいと思う」

わたしの提案に真紘さんが答える。

「でも、チケットの販売はどうするの？　宣伝とか……？」

泰子さんが首をかしげた。

「いまは、ネットでもチケット委託販売のサービスがあるんですよ。専門学校時代の知り合いでそのサービスを使って料理教室を開いている人がいるんです。少し手数料はかかるみたいですけど、オンラインでカード払いができた方が買ってくれる人は増えるみたいですよ」

「ふうん、そういう便利なものがあるんだ」

泰子さんは老眼鏡をかけ、真紘さんのスマホに表示されているイベントチケット販売サービスのサイトをじっと見た。

真紘さんによれば、こうしたサービスの場合、たいてい初期費用不要の無料プランが用意されているらしい。告知は無料で、チケットが売れたときにだけ手数料が発生する。クレジットカードやコンビニ払いなどにも対応しているのだそうだ。

小規模イベントの場合は無料プランでじゅうぶん。そのサイトの一覧に表示されるから、なにかイベントに参加したいと考えている人への宣伝効果もあるらしい、と真紘さんは言った。

「なるほどねえ。わかった。チケットの販売ができることはわかったし、チケット代や開催する時間帯もなんとなくつかめた。椅子や机をどうするとか細かいところはあとで考えるとして、まずは久子さんや上坂先生がほんとにこの謝礼で来てくれるか、だよね。登壇料の相場もよくわからないし……」

「そうしたら、わたしの方から直接おふたりに訊いてみます」

思い切って提案してみた。

「え、ほんとに？」

「相場を訊かれても答えにくいと思うので、うちで出せる額を率直にお話しして、それで引き受けてくださるか訊く方が良いように思うんです」

「そしたら、その日はもちろん会場で先生方の本も販売するけど、ほかに先生方が売りたいものがあれば自由に販売してもらってもいいことにするとか、謝礼以外にも希望があれば、って形にしてもらって……」

泰子さんが言った。

「そうですね、発案者の萌さんにも協力してもらえるか訊いてみます」

萌さんの方がわたしよりずっとマンガにもくわしい。イベントの詳細を考えるには萌さんの知識が必要だと思った。

家に帰ってから早速萌さんにメッセージを送った。泰子さんもイベント開催に前向きなことを伝え、三人で考えたチケット代やチケットの販売方法のこと、まずはわたしが久子さんと柚子さんに直接連絡し、謝礼額を提示したうえで諾否をうかがうことなども書き添えた。

萌さんからはすぐに返信が来た。家事があるのでいまはゆっくり相談できないが、自分も読み聞かせサークル関係で何度かイベント運営の経験もあるから、もし少女マンガイベントを開催することになったら、ぜひ協力したい、とのことだった。

それから久子さんにメールを送った。柚子さんのアドレスはわからなかったので、イベントの謝礼や販売関係の話など泰子さんと相談したことを簡単に伝え、柚子さんにも連絡してほしい、とお願いした。

翌日の朝、久子さんから返信がきて、柚子さんも自分もその条件で問題ない、ぜひ登壇したい、と言ってくれた。ただ、柚子さんと相談したところ、語りたいことが山のようにあって、そのなかのどれに焦点をあてたらいいのかわからなくなってしまっている、と言う。

まずは泰子さん、真紘さんに久子さんたちがイベントの登壇を快諾してくれたことを報告した。そして、久子さんたちが内容で迷っていることを説明し、少女マンガにくわしい萌さんにも企画から加わってもらうことを提案した。

泰子さんも、自分はそこまで少女マンガにくわしいわけでもないし、こういうのはほんとに好きな人が担当した方がいいものができる、萌さんにもぜひ協力してもらいたい、ということになった。

萌さん、久子さん、柚子さんの予定を訊き、翌週の木曜の閉店後にミーティングをおこなうことになった。

2

木曜日、書店とカフェの閉店時間が近づいてきたころ、萌さんに続き、久子さんと柚子さんがやってきた。柚子さんはほんとに自転車に乗ってきたみたいだった。Tシャツ、パーカー、ジーンズ。この前の連句会のときと同じ雰囲気だ。

「いいお店ですねえ」

カフェにはいるなり、柚子さんは店内を見まわし、だれにともなくつぶやいた。

「今日はわざわざありがとうございます」

泰子さんがカフェにはいってきて、久子さんと柚子さんにあいさつする。

「上坂先生、はじめてお目にかかります。店主の中林《なかばやし》です」

泰子さんが柚子さんにお辞儀した。

「あ、上坂です。このたびはお世話になります」

柚子さんの方も深々と頭を下げた。

「柿森美咲シリーズ、いつも新刊を楽しみにしてるお客様がたくさんいらして。完結してしまって、みんなさびしがってますよ」

「ええっ、そんなそんな。ほら、あんまり長く続くと中だるみしちゃうじゃないですか。惜しまれつつ去るくらいがちょうどいいかと」

柚子さんが笑いながら答える。

「次は時代ものに取り組まれるご予定とか……。豊田《とよだ》から聞きました」

泰子さんがわたしの方を見た。

「そうなんですよ。雰囲気をがらっと変えたいなあ、と思いまして。『日常の謎』系にはなると思うんで、今度は探偵役を男にしようとかいろいろ考えたんですけど、たいていのものはもうあるでしょう？　それで、担当編集と相談して、それならいっそ時代を変えようか、って話になって……。あ、すみません、今日は少女マンガイベントの話でしたよね」

柚子さんが笑う。

「このたびは、登壇を引き受けていただいて、ありがとうございます」

萌さんが言った。

「いえいえ、『ひとつばたご』であの話が出たとき、これはやらなきゃ、やらないと後悔するっ、って感じましたから」

柚子さんが答えた。

「ただ、この前もメールに書きましたけど、ひとくちに少女マンガって言っても、幅が広くて……。どこかに焦点を絞らないと」

久子さんが言った。

「この話が来てから、うちにある少女マンガを読み返してみたんですよね。なにを話すか考えるためだったのに、いつのまにか引きこまれちゃって、結局最初から最後まで読んじゃったり。いま読むとまたすごさがわかるんですよねえ。作家の若さっていうか……」

柚子さんが考えるように天井を見あげた。

「なにかを信じてる感じ、っていうのかなあ。この世にはなにか素晴らしいものがある、いつかそこに行ける、みたいな？　もうこの年になっちゃうとくたびれて、全然そういうときめきみたいなものがなくなっちゃうじゃないですか。遠くで見てたときに素晴らしいと思ってたものもたいていはハリボテだってわかっちゃって、ほんとに素敵なものもきっとあるんだろうけど、自分には手が届かないし、まあ、うちにある煎餅でもいいか、みたいな感じに……」

「煎餅ってなんですか？」

久子さんがポカンとした顔で柚子さんを見る。

「いや、たとえですよ、たとえ。ああ、でも、久子さんの歌にはいまだに素敵な雰囲気ありますよね。人によるのかなあ」

柚子さんがそう言ったとき、真紘さんがカフェの厨房から出てきた。手にあずきブックスのメニューを持っている。

「すみません、片づけがなかなか終わらなくて。カフェの厨房を担当している岸田《きしだ》真紘です。お茶、いかがですか？」

そう言って、久子さんと柚子さんにメニューを差し出す。

「ええーっ、いいんですか？」

柚子さんの顔がぱっと輝いた。

「ええ、メニューにあるものでしたらなんでも。スイーツもありますよ」

「でも、さすがにスイーツまでは申し訳ないから、お茶だけで……」

「いえいえ、今回はトークショーを引き受けていただいてますから」

泰子さんがにっこり微笑む。

「柚子さん、ここのお菓子、すごく美味しいから食べた方がいいよ」

横から久子さんが言った。

「あれがいいんじゃないですか？　萌さん十八番《おはこ》のショートブレッド」

真紘さんが言った。

「ショートブレッド？　ショートブレッドがあるんですか？」

柚子さんが目を輝かせる。

「人気メニューなんですよ。ほうじ茶や抹茶と合わせてもおいしいですし」

真紘さんが言った。

「じゃあ、それにします。抹茶とセットにできるんですか？　いまその組み合わせを聞いたら試してみたくなっちゃった」

柚子さんが訊く。

「はい、できますよ。そしたら、抹茶とショートブレッドですね。今日作ったばかりですから、おいしいですよ」

真紘さんが答えた。久子さんはここに来るとよく頼んでいるあずきパフェ。わたしたちもそれぞれ飲み物を頼む。柚子さんは萌さんのショートブレッドにいたく感激したらしく、おいしいですねえ、と顔をほころばせていた。

打ち合わせがはじまり、まずは日程を決めることになった。久子さん、柚子さんの都合を訊くと、五月の連休が明けたあとすぐの土曜日が候補にあがった。連句会の前の週である。

「それは早すぎない？　来週はもう四月でしょう？　あと一ヶ月半しかないよ」

泰子さんが言った。

「大丈夫なんじゃないですか？　イベントは場所取りがいちばん大変って聞きますけど、もう会場はあるわけですし」

久子さんが言った。

「わたしとしてもその時期の方がありがたいんです。五月後半になったら、さすがに江戸ものの執筆にはいらなくちゃいけなくて」

柚子さんが言った。

「そうか、そろそろ書かないと編集さんに怒られちゃうよね」

久子さんが笑った。

「引っ張るにももう限界で」

柚子さんも笑った。

「一度小説の世界にはいっちゃうと、現実に頭を切り替えるのがたいへんで」

「そういうものなんですね」

萌さんが大きくうなずく。

「とくに今回はあたらしいシリーズの立ち上げだし、時代ものにはじめて挑戦するし、で、いつもより緊張してるんですよ」

柚子さんがふっと真面目な顔になった。

「上坂先生くらいベテランになっても緊張するんですか」

泰子さんが訊く。

「今回は相当緊張してます。あたらしいものにチャレンジしたのはいいけど、大コケするかもしれませんしね。前のシリーズの方が良かった、って言われるのは正直厳しいですから」

「だいぶ準備してましたもんね」

久子さんが言った。

「畑を変えるっていうのはけっこうたいへんなことなんですよね。自分では、いまの畑のままでいたら腐っちゃうってわかる。だから変えるんだけど、読者のなかには前と同じものを望む人も多いですから」

「前のこれがおもしろかったから次も、って思ったのに、作風が変わっちゃったから馴染めない、なんで変えちゃったんだろう、なんていう声もよく聞きますよね。作家は自分のことだからいろいろ考えてるんだろうに、みんなわりと簡単に文句を言うから。クリエイターっていうのはたいへんな商売ですよねえ」

泰子さんが笑った。

「ある作家さんが、小説っていうのは総合力だって言ってたのを聞いたことがあります。センスだけじゃ書けないって」

萌さんが言った。

「そうなんですよ。世界を丸ごと作るみたいなものなので、座ってキーボード打ってるだけなのに、なんかえらく疲れるんですよねえ。白髪も増えるし」

柚子さんが笑いながらため息をついた。

「だったら五月中旬にするしかないね。お仕事の邪魔をするわけにはいかない」

泰子さんがカレンダーを見つめる。

「心配なのは宣伝だよね。一ヶ月半で広められるかな」

「それは大丈夫なんじゃないでしょうか。いまの宣伝はSNSが中心ですから。広まるときは一気に広まりますし」

真紘さんが言った。

「久子さんも柚子さんもアカウントをお持ちですし、フォロワーさんもたくさんいますから。おふたりがトークイベントをする、って言えば、すぐに拡散されるんじゃないですか？」

萌さんがふたりを見る。

「うーん、でも拡散だけじゃ、ダメなんだよねえ。お金払ってチケット買ってくれないと。拡散ってタダでできるから。実際の集客はまた別」

柚子さんが答える。

「わたしたちが登壇するってだけじゃなくて、やっぱり内容じゃないですか？　少女マンガ、っていうキーワードはいいと思うんですよね。関心持ってる人はたくさんいそうですし」

久子さんが言った。

「けど、もうちょっと絞った方がいいですよねえ。何百人も集めるわけじゃない、この会場が埋まればいいわけでしょう？　だったら、いろんな人に引っかかる一般的な話題じゃなくて、もうちょっとコアな、この数十人に刺さる、みたいな企画の方がいいような気がするんですよね」

柚子さんの言葉に、なるほど、と思った。

「となると、取りあげる作家の名前も出して……。それが柚子さんやわたしの作風と重なる感じだといいですよね。なぜわたしたちが語るのか、はっきりわかるようなキーワードっていうか……なんだろう……？」

久子さんがそこまで言って、うーん、と考えこむ。

「そもそも、久子さんとわたしの共通点ってなんでしょうかね？　あるのかな？個人的には仲良いけど、作品の方向はだいぶちがうでしょう？　久子さんは感覚派っていうのかな、ふんわり見えるのに実は切れ味鋭い、みたいな感じで、しっとりひんやりしてますよね。それにくらべるとわたしのは完全にドタバタで……」

「柚子さんの作品はユーモラスに見えて、実は計算されてるじゃないですか。ミステリ好きの友だちが言ってましたよ。理屈がしっかりしてるって」

久子さんが言った。

「そうですか？　まあ、褒められるとうれしいですけど……。でも共通点となるとなあ。そもそも短歌と小説でジャンルも全然ちがいますしねえ」

柚子さんが首をひねる。

「あの、この前、久子さん、連句の席で『デビューしたころの短歌は少女マンガの影響を受けてた』っておっしゃってましたよね」

わたしは訊いた。

「ええ」

久子さんがうなずく。

「どのあたりのマンガだったんですか？」

「そうですねえ、やっぱり二十四年組ですよね。萩尾望都《はぎおもと》さん、竹宮恵子《たけみやけいこ》さん、大島弓子さんかなあ、すごく好きだったのは」

「あ、わかります。久子さんらしい。わたしはその三人はもちろんですけど、木原《きはら》敏江《としえ》さん、山岸涼子《やまぎしりょうこ》さん、坂田靖子《さかたやすこ》さん、山田《やまだ》ミネコさんも好きでしたねえ」

柚子さんが言った。

「あ、トークショーはじまっちゃってますよ、ダメダメ、それは本番にしないと！」

萌さんの言葉にみんな笑った。

「でも、そしたら、ストレートに『おふたりの創作に影響を与えたマンガ家』っていうことでもいいんじゃない？　少女マンガの話でありつつ、ふたりの創作の手法の話でもある、って感じの」

泰子さんが言った。

「そうですね、それがいちばんわかりやすい気がします。作家の話を聞くときって、結局みんな創作にまつわる話を聞きたいんだと思うんです。創作の源流っていうか、なにから影響を受けたか、とか、どうやって書いてる、とか」

萌さんに言われて、そうかもしれない、と思った。

「わたしたちが語るんだから、それが自然かもしれないですね。研究者や批評家じゃないから、聞きにくる人たちもそういうことは期待してないと思いますし」

久子さんが柚子さんを見た。

「くやしいけど、そうですよねえ」

柚子さんがうなずく。

「くやしい？」

久子さんが不思議そうに柚子さんを見た。

「いや、千回人生をやり直しても研究者になる人生はない、って、学生時代をふりかえるとそう思うんですけどね。でも、この年まで生きてくると、地道な研究に身を捧げる生き方の方が尊いような気がしてくるんですよ。なんで自分にはそういう謙虚さがなかったのか、と」

柚子さんが遠くを見る。

「おおっと、いけないいけない、ついネガティブモードにはいってしまった」

柚子さんは自分の頭をぽんぽん叩いた。

「イベントの時間は七時からでいいんでしたっけ？」

「そうですね、六時半オープン、七時スタートでいいと思います」

柚子さんの質問に、泰子さんが答えた。

「日時、場所、登壇者、テーマの大枠は決まったから……。あとはテーマをかっこいいキャッチコピーにすればいいわけですよね？」

「そうですね、チケットの金額や販売方法、イベント運営の細かいことも考えないといけないですけど、それはこちらでやりますから……。うん、これならなんとかその日程でもできそうだね」

泰子さんはカレンダーを見つめた。

「あ、告知の前にあずきブックスの店のアカウントを作った方がいいかもです」

久子さんが思いついたように言った。

「そうですね、まずはあずきブックスのアカウントでイベントの告知をしてもらって、それをわたしたちが拡散する方がわかりやすいと思います。お店の宣伝にもなりますし」

柚子さんもうなずく。

「アカウント……？」

泰子さんは目をぱちくりさせたが、真紘さんと萌さんが、そのあたりはわたしたちがやります、と言った。

「それから、司会も必要ですね」

「それは、一葉さんがいいんじゃないですか？」

萌さんがあっさり言った。あっさりすぎて、一瞬意味がわからなかった。

「え、わたしですか?」

理解したとたん、思わずがたんと立ちあがった。

「それは、少女マンガにくわしい萌さんの方が……」

あわてて座り直して、そう言った。

「わたしだと自分がしゃべりたくなっちゃう気がするんですよ。しゃべるのが下手で要領を得ないくせに、口を出したくなる。トークショーはゲストに語ってもらうものだから、司会は一歩下がって質問するような感じじゃないと」

萌さんがわたしを見る。

「萌さんのしゃべりも味があっていいと思いますけど、一葉さん、いいと思います。落ち着いてるし、姿勢もいいし」

久子さんもうなずく。姿勢? 司会に姿勢って関係あるんだろうか。たしかに書道を習っていたおかげで、字がきれいなことと姿勢がいいことだけはよく褒められるけれど。

「そうだね、じゃあ、一葉さんに頼もうか」

泰子さんも妙に納得してしまっている。無理だと言いたいのに、話はどんどん進んでいく。

「そしたら、キャッチコピーは宿題として考えるということで。内容については、久子さんとわたしでもう少し相談して、詳細をまとめておきます」

柚子さんの言葉で、打ち合わせは終了となった。


次の日から、イベントに向けた準備がはじまった。

まず萌さんと真紘さんが相談して、あずきブックスのSNSアカウントを作った。真紘さんはこれまで日常業務に追われてできなかっただけで、以前からカフェにアカウントがあった方がいいと考えていたらしい。

アカウントがあれば月ごとに替わるメニューを写真つきで宣伝できるし、営業時間や臨時休業を告知することができるからだ。アイコンは店の看板になっているロゴをそのまま使用。いまのところはカフェの新メニューや、月替わりの試し読みコーナー、入荷した話題の新刊などの写真を掲載している。

久子さん、柚子さんと何度かメールをやりとりして、イベントのキャッチコピーも決まった。

少女マンガからはじまった！　わたしたちの創作人生
あずきブックストークショー　歌人・川島久子×小説家・上坂柚子

これにイベントの日時と場所、チケットの価格や販売方法などを入れて、わたしがSNSの広告用のバナーを作ることになった。これまでもポップ作りをしているお店からセールや新商品用のバナーを依頼されたことがあったので、作り方のコツはなんとなくわかっていた。

少女マンガらしいアイテムを散らし、久子さんと柚子さんの顔写真を入れる。真紘さんと萌さんのアイディアで、当日限定の飲み物やお菓子も作ることになった。

久子さんと柚子さんの本や、トークショーのなかで取りあげるマンガも発注し、販売ブースに置くためのポップとポスターの計画も少しずつ練っていった。

だが……。問題は司会である。わたしに司会なんかつとまるのだろうか。大事なイベントなのに、わたしのせいで失敗してしまったら。そう思うと気が気でない。やっぱり萌さんに頼んだ方がいいいんじゃないか。言い出せないまま、時間が過ぎていった。

3

連句会の日がやってきた。今回のお菓子は定番の草餅である。当日は向島《むこうじま》まで行き、「向じま志満《じま》ん草餅」を買う。去年と同じように、あん入りとあんなしの二種類をひとりひとつずつ。ただ、今回も柚子さんが参加するそうなので、柚子さんの分だけはあんなしがふたつである。

柚子さんは前回の連句会ですっかり連句のおもしろさにはまってしまったらしい。原稿で忙しくなる前にできるだけ連句の経験を積みたいので、久子さんは仕事で来られないけれど、ひとりで参加してもいいですか、と蒼子さんのところに問い合わせがあったのだそうだ。

その気持ちはよくわかる。わたしも最初は祖母のメモにあったお菓子を持って、あいさつに行くだけのつもりだったから。でも結局もう一年以上、ひとつばたごに通い続けている。

柚子さんもひとつばたごの常連になったら楽しいだろうなあ。お仕事が忙しいからむずかしいかもしれないけど、と思いながら、電車に乗った。

会場は池上本門寺《いけがみほんもんじ》という大きなお寺の横にある池上会館。お店の最寄りの京成曳《ひき》舟《ふね》からだと、東急池上線の池上駅に行くより、都営浅草線の西馬込《にしまごめ》駅に行く方が少し早い。去年と同じように、西馬込から歩いて向かうことにした。

だが、西馬込からだと坂をのぼっておりてまたのぼって、しかもその坂がけっこうな急勾配で歩くのが大変なのだった。地図で見ると池上駅からと似たような距離に見えるが、池上からならのぼりくだりがないから楽なのだ、と前回桂子さんが話していたのを思い出した。

意外と時間がかかってしまい、もう開始時間ぎりぎりだった。本門寺の墓地を通り、急ぎ足で池上会館の屋上庭園へ。本門寺のある小山の斜面に建っているから、こちら側の入口は屋上にあり、エレベーターをくだってなかにはいる、という不思議な作りになっている。

屋上庭園を歩いていると、縁の柵にもたれている女性のうしろ姿が見えた。髪型とバッグに見覚えがあり、近づいて声をかけた。

「あれ、蛍さん?」

「一葉さん」

蛍さんがふりかえり、ぼうっとわたしを見た。

「どうしたの? もうはじまる時間だよね?」

時計を見ながら訊くと、蛍さんは、はい、とうなずいた。いつもにくらべて元気がない。

「ちょっとショックなことがあって……。ここまで来たはいいけど、やっぱり帰ろうかと思ってたんです」

蛍さんは遠くを見ながら言った。

「ショックなこと……？」

ご不幸があったのかも、と少し緊張しながら訊いた。

「いえ、大丈夫です。たいしたことじゃありませんから。もう時間ですから、行きましょう」

気を取り直したように言って、蛍さんはエレベーターの方に向かった。

ほんとに大丈夫なんだろうか。でも、ああいうふうに言うということは、あまり話したくない、ということなのかもしれない。こちらから根掘り葉掘り訊くのはよくないかな、と思った。


蛍さんといっしょにエレベーターで下におり、会議室へ。時間を少し過ぎてしまったので、もうみんな席についていた。

「すみません、遅くなりました」

頭をさげながら部屋にはいる。わたしは入口に近い空いていた席に座り、蛍さんはわたしのとなりの席に座った。

長机は大きなロの字にならんでいて、わたしたちの向かいには航人さん、向かって左側は航人さんに近い方から、桂子さん、柚子さん、悟さん、直也さん、右側には蒼子さん、陽一さん、鈴代さん、萌さんが座っている。

「全員そろいましたし、じゃあ、はじめましょうか」

航人さんがにっこり笑う。

「では発句をお願いします。季節はまだ春ですから、春の五七五をお願いします」

みんな手元に短冊を取り、ペンを持つ。柚子さんはすでに発句を考えてきていたのか、さらさらとなにか書きつけている。

だがわたしは、となりの蛍さんのことが気がかりで、句を書くどころではなかった。いつもなら張り切って句を書き出す蛍さんがペンケースも開けないまま、ただじっと短冊を見つめている。

桂子さん、悟さん、蒼子さん、柚子さんと次々に短冊を出していくが、蛍さんはただぼんやり頬杖をついていた。

「だいたい出そろいましたね。蛍さん、一葉さんがまだかな」

航人さんがわたしたちを見る。

「あ、すみません、思いつかないので、進めてもらって大丈夫です」

わたしが答えると、蛍さんもこくんとうなずいた。

「わかりました。今日もいい句がならんでますよ。迷いますね」

航人さんはそう言って短冊を見た。

発句、脇、第三と次々に句が付いていく。わたしは六句目で取ってもらったが、蛍さんはあいかわらず短冊を出さずにいる。ようやくペンケースを開けてシャープペンシルを出したが、まったく書く様子がないのだった。

表六句が終わったところで、草餅を出す。

「これは草の匂いがいいですねえ」

柚子さんが声をあげた。

「ここの草餅はあん入りとあんなしがあるんです。ほかの方は両方ひとつずつですけど、柚子さんにはあんなしをふたつにしました」

「またしても気をつかっていただいちゃって、すみません」

「あんなしには、きなこと白蜜がついてるんですよ。これがまたおいしいんです」

悟さんが言った。

「真ん中のくぼみにきなこを入れて蜜をかけるとうまく食べられるんですよ」

蒼子さんに説明され、柚子さんは草餅にきなこをふりかけ、蜜を垂らした。

「うわ、おいしい」

ひとくち食べて、柚子さんが目を丸くする。

「ここの会はほんと、連句も楽しいですけど、このお菓子がたまらないですね」

柚子さんがにこにこ笑った。

「あ、そういえば、柚子さんと蛍さんは初顔合わせじゃないですか?」

萌さんの言葉に、みんなの視線が蛍さんに集まった。

「そうでしたね。じゃあ、自己紹介しておきましょうか」

航人さんが言った。

「蛍さんは大学生なんですよ、久子先生の教え子で……」

悟さんが言った。

「へえ、久子さんの……」

柚子さんが蛍さんを見た。

「すごく優秀な学生さんだって、久子さんもおっしゃってましたよねぇ」

桂子さんがふふふっと笑った。

「はじめまして、わたしは上坂柚子と言います。久子さんとはむかしからの友人で……。この会も、この前久子さんに連れられてはじめて参加しました。ふだんは小説を書く仕事をしてます」

「小説……?」

蛍さんの表情が変わる。

「上坂柚子さんって、もしかして『柿森美咲』シリーズの?」

蛍さんがはっと目を見開き、柚子さんの顔を見つめた。

「え、ご存じなんですか。ありがとうございます」

柚子さんは頭をさげた。

「小説家って、実在してるんだ……」

蛍さんがぼそっとつぶやく。声が小さくて、柚子さんにはよく聞こえなかったらしい。柚子さんが少し首をかしげて蛍さんを見る。

「あ、いえ、すみません。ほんとの小説家さんと同席するなんてはじめての経験で、ちょっとびっくりしてしまって……」

蛍さんが途切れがちに言った。

「びっくりするよね、わたしもびっくりしたもん」

萌さんが笑った。

「年はずいぶん上ですけど、ここでは後輩ですから。よろしくお願いします」

柚子さんが笑ってお辞儀する。

「よろしくお願いします」

蛍さんは硬い表情のまま、無理やり作ったような笑顔で頭をさげた。

裏にはいり、表から続いた秋の長句のあと、陽一さんの「海峡を行く船に揺られて」が付いた。これが恋の呼び出しになって、次は萌さんの恋の句。

恋の座がはじまり、蛍さんはいつもなら恋の句が得意なのに、今日はここでも句がうまくまとまらないみたいだ。書いては消し、書いては消し、という状態で、なかなか出すところまではいたらない。

もしかして、失恋？　さっき話していたショックなことというのは失恋かもしれない。大学生だし、そういうことがあってもおかしくない。

蛍さんのことを考えているうちに、直也さんの七七が取られ、次に鈴代さんの「放課後に古語の恋文したためて」という句が付いた。

もう恋も三句続いたし、そろそろ恋を離れるころかな、と思っていたとき、蛍さんが短冊になにか書きつけ、立ちあがって航人さんのところに持っていった。

「ああ、いいですね、これにしましょう」

航人さんがうなずいて、蛍さんの句を蒼子さんに渡す。

放課後に古語の恋文したためて　　鈴代
　優秀なんかじゃない、とつぶやく　　蛍

ホワイトボードにはそう書かれていた。

優秀なんかじゃない……。さっきの、優秀な学生さん、という言葉を思い出し、ショックなことというのは、失恋じゃなくて学業のことなのかも、と思った。

「蛍さんでもこういうふうに思うことがあるんですね」

悟さんが言った。

「そうですよね。いつもしっかりしてるし、大人に交ざっても臆さないし。久子先生の言う通り、すごく才能があるんだなあ、と思ってました」

直也さんもうなずく。

「いえ、そんなこと、ないんです。ただ真面目なだけで……」

「そういえば、蛍さん、前に小説書いてる、って言ってましたよね」

悟さんの言葉に、蛍さんの表情がぱりん、と凍りついたのがわかった。

小説を書いてる……！　そういえば、言ってた。去年の夏だったか、長編小説の執筆に挑戦して、公募に出す、って……。

ああっ、ショックなことってもしかして……！

蛍さんの方を見たが、ときすでに遅しだった。蛍さんはうつむき、じっと黙っている。悟さんと直也さんの表情もはっと固まった。

「すみません、落ちちゃったんです。一次選考も通らなくて……」

蛍さんはいったん毅然と顔をあげたが、そこまで言うとぽろぽろ涙を流し、またうつむいてしまった。

「一週間くらい前に一次選考の通過作が発表されて、わたしの名前はなかったんです。ショックで、二、三日部屋にこもってました。今日も休もうかな、と思ったんですけど、妹に、そういうときは家にこもってるより思い切って行った方が気分転換になるよ、って言われて……」

妹というのは以前に連句会にも参加した海月《くらげ》さんのことだろう。蛍さんはカバンからハンカチを出し、目に押しあてている。みんななにも言えず、押し黙った。

「はじめて書いたものですし、そんなに簡単なものじゃない、っていうのはわかってたつもりだったんです。高校や大学のコンクールとはレベルがちがう、ほんとにプロを目指している人たちが応募してくるんだから、って。でも、やっぱり少しは自信があったんですよね」

しばらくしてから蛍さんはそう言って、大きく息をついた。

「うーん、自分みたいな立場の人間がこういうことを言うのもなんだけど、実は僕も学生時代に小説を書いたことがあるんですよ」

沈黙が続くなか、突然、陽一さんが口を開いた。

「え？」

蛍さんが陽一さんを見る。

「僕のはなんていうか、書きたい気持ちばっかりが前に出てて、すごく恥ずかしい作品で、蛍さんのものとはくらべものにならないと思うんですけど……。でも書きあげたときは少しは自信もあったし、いちおう公募にも出したんです。一次にも通りませんでしたけど」

陽一さんが苦笑いした。

「そうだったんですね、実はわたしも若いころ小説を書いてたんですよ」

蒼子さんが言った。

「え、蒼子さんもですか？」

悟さんが目を丸くした。

「公募に出したことまではなかったんですけど、文芸部だったんです。高校も大学も。本はたくさん読んでいたし、いつか作家になれたら、なんて夢見てました。でも、そんなにいいものは書けなかった」

蒼子さんがため息をつく。

「いちおうちゃんとまとまったものは書けるんです。でも、なんかつまんないな、どこかで読んだことあるな、って。同じ部活のなかに、ひりひりくるような文章を書ける子がいて……。どの一文もすごくかっこいいんです。むずかしい言葉は使ってないのに、切れ味がよくて。書くのが遅くて、なかなか作品を完結させられない人だったんですけど、こういうのが才能なのかな、って思ったんですよね」

蒼子さんは遠くを見つめた。

「でも、在学中にしっかり自分の作品を完成させたかったから、四年のとき、一年かけて長編を書きあげた。先生に見せたら褒めてもらえました。それで気持ちが落ち着いたんですよね」

「その友だちはどうなったんですか？」

「わからないんです。彼女は結局大学を途中でやめちゃって。その後は音信不通で。小説を書いているのか、それともそれもやめちゃったのか……」

「そうか、皆さんけっこう文学に対する想いがあるんですね。わたしは父のことがあるから、大学時代は文学作品にそっぽ向いてたところがありますけど」

直也さんが言った。

直也さんのお父さんは直也さんが高校生のときに亡くなっている。元気なころはテレビ局勤めだったが、直也さんが中学のころに倒れて、以来細々とシナリオを書く仕事をしながら小説も執筆し、新人賞を取ったと聞いていた。

「実はわたしも……。映画研究部だったので、映画のシナリオを書きたいと思ってたんですよねえ。大学に行きながら、シナリオの学校に通おうかと思ってたくらい。結局実現できませんでしたけどね」

萌さんが笑った。

「皆さん、いろいろあったんですね」

蛍さんがぼそっと言って、目を伏せた。

「そうですよね、一度のチャレンジでうまくいくわけ、ないですよね。でも、わたしとしては、これまで生きてきたすべてを注ぎこんだつもりで……。だから、自分のすべてが否定された、っていうか、大したものじゃない、って言われた気がして、それが辛かったのかもしれません。それに、次の作品を書くっていっても、もうなにも書けない気がして……」

蛍さんは思い詰めた表情になる。

「そこまで注ぎこんだものを書いたのは素晴らしいことだと思います。けどね、それだとたとえその作品でデビューできたとしても、次が書けないじゃないですか」

柚子さんがめずらしく真顔で言った。

「次……？」

蛍さんが柚子さんの方を見る。

「デビューしたら編集さんのサポートもつくし、あらたに出合えるものもありますよ、けど、別人になるわけじゃない。基本的には自分が書くんです。いまの自分と同じ自分が。次を書いたら、また次も。プロになるってそういうことなんですよ」

柚子さんも蛍さんの顔をじっと見た。

「でも、上坂先生は小説家で……久子先生と同じで、特別な存在だから……」

蛍さんが切れ切れに言う。

「いやいやいや、わたしなんか全然特別じゃないですよ。小説家としてのデビューも遅いし……。ああ、もう、これはいままでどこでもしゃべったことなかったけど、いいや。実は、わたし、もともとはマンガ家になりたかったんですよ」

柚子さんの言葉に、みんな、目を丸くした。

「マンガ家？　そうなんですか？」

「別の名前でしたけど、全然芽が出なくて。まあ、いま考えればわかります。そのころの自分の作品は内向的で暗かった。繊細なことを描くのがかっこいいと思ってたんですよねえ。でも、本来の自分と全然合ってなかったんだと思います」

柚子さんは言った。

「若いころは安いアパートに住んで、バイトしながらマンガを描いて、でもどこにも載せてもらえなかった。それでもなんとかなってたのは親がいたからで……。わたしはひとりっ子で、母はわたしが小学校のころに亡くなってるんです。それで父に育てられたんですが……」

そこまで言って、大きくため息をつく。

「父は仕事の虫で、母の死に際にも仕事で家を空けていたという……。わたしはそういう父が嫌いで、父もわたしのことは放ったらかしだったので、大学のときに家を出たんですよね。学費も出してくれたし、仕送りもしてくれた。安アパートに住んで、卒業後もそのままそこに……」

「柚子さんのお父さんって、なんの仕事をしてたんですか？」

萌さんが訊いた。

「学者ですよ。近世文学の。大学で教えてました。教えてるっていうより、ほぼそっちに住んでるような感じで。大学もいまみたいに管理が厳しくなくて、二十四時間開いてましたからね」

「近世文学って、つまり江戸期の……？」

蒼子さんが訊いた。

「もしかして、だから次の作品が江戸ものなんですか？」

萌さんが言った。

「まあ、そんなに単純じゃ、ないんですけど。わたしがバイトしながらマンガ描いてるうちに、父が病気で死んじゃったんですよ。それで、父の住んでる家をなんとかしなくちゃならなくなって」

「ああ、相続もたいへんですからね」

悟さんがうなずく。

「そうなんですよ。でも、家の前にまず、父が溜めこんだ文献やらなにやらをなんとかしなくちゃならなくて。あまりの量に途方に暮れて、ほんと、家ごと全部燃やそうかと思いましたよ。けど、江戸期のかなりめずらしい本もあるとかで、父の同僚が、貴重な文献を捨てるわけにはいかない、って言いはじめて。それで、学生を連れてやってきて、数週間がかりで大学に寄贈するものとか古書店に売るものとかに仕分けして、全部片づけてくれたんです」

柚子さんはあっけらかんと言った。

「部屋はすっかり空っぽになって。この部屋の床を見たの、はじめてだな、と思ったりして。それで、もう父はいないんだ、ってなんか急に涙が出たんですよね。あ、空っぽになっちゃったなあ、って」

蛍さんは柚子さんの話にじっと聞き入っている。

「そんなこんなで、結局その家に住むことにしたんです。遺産でなんとか相続税も払えましたしね。でも、ここから先はいざというとき頼る人もいないし、ひとりで生きていかなくちゃいけないんだ、って思って、もうマンガはあきらめようって決意したんです。もう三十代半ばでしたしね」

柚子さんは笑いながらそう言った。

マンガをやめる決意をした柚子さんは、それからしばらく正社員になることを考えて就職情報誌をチェックし、応募したりしていたらしい。だが、会社勤めの経験もなく、年齢的な壁もあって、なかなか採用されなかった。

それで細々とバイトで食いつないでいたとき、以前マンガ雑誌で柚子さんを担当していた編集者とばったり出会ったのだそうだ。

「担当といっても、一度人気作家が原稿を落としたときの穴埋めで、短編を一作載せてもらっただけだったんですけどね。なぜかわたしのことを気にかけてくれて、以前はよくお茶に誘ってもらったりしていたんですよ」

柚子さんによると、その人は少し前にマンガの部署から離れ、ライトノベルの文庫の部門に移ったところだった。ちょうどライトノベルがブームになっていたころで、試しに一作書いてみたら、と勧められたらしい。

「それで、だいぶ苦労したんですが、一作書いたら本にしてもらえたんです。新人賞取ったわけでもないし、全然話題にならなかったんですけど、それなりに売れたみたいで、シリーズを続けることができた。そうやって何作か書いてきて、ようやく十年前、柿森美咲シリーズがヒットして……。つまり、それしかできることがなかったから根性で続けてきただけで、全然特別じゃ、ないんです」

柚子さんは、ふううっと息をついた。

「あああ、マンガ時代のことはだれにも言わないつもりだったのに……」

がっくりとうなだれ、両手で頭をおさえる。

「そんな……。お話を聞けてうれしかったです。この前、少女マンガについて熱く語っていたわけもわかったような気がしますし」

萌さんが言った。

「勉強になりました。命をかけて書いてらっしゃることがよくわかりました」

陽一さんが言った。

「いや、そんな大層なものでは……。でも、生きるために書いてる、っていうのはそうかもしれません。お金のために書いてる、っていうと、なんか不純なもののように思われることが多いんですけどね、やっぱり霞を食べてるだけじゃ、生きていけませんから」

「そうか、そうなんですね。わたしは……」

蛍さんが口を開いた。

「すみません、なんか自分は甘えてたな、って思いました。人生のすべてを注ぎこんだ、なんて言っちゃいましたけど、よく考えたら人生っていってもまだ二十年くらいしか生きてないし、それも親の家で……」

「そんなことはないですよ。若いころだからこそ感じ取れるものもあります。それと同じものを書こうとしても、いまのわたしには無理。だからいまを大事にするしかないですよね」

　柚子さんが微笑む。

「次の作品を江戸ものにするっていう話、さっきそう単純じゃない、っておっしゃってましたけど、やっぱりお父さんのことがあったからなんでしょうか。別ジャンルにするって言っても、ほかもいろいろあるなかで、江戸を選んだわけですし」

　直也さんが言った。

「江戸ものを、っていうのは編集さんから提案されたことだったんです。その話が出たときは父のことは思い出さなかった。でも、編集さんから参考に、って渡された本を読んでたら、あちらこちらで父が話していたことを思い出して、あれ、ここはわたしならもっとくわしく書けるぞ、っていう気になって……」

「『門前の小僧習わぬ経を読む』ですね」

「でも耳学問ですから、細かいところはあやふやで。それで、ちゃんと資料に当たろう、と思って。父から聞きかじっていた研究者の名前の記憶を頼りに本を読んだり。参考文献に父の名前があって、うわああってなったりして。あのとき本を処分しなければ、これ全部うちにあったのにーって」

　柚子さんが笑い、つられてみんな笑った。

「そうやって読んでるうちに、やっぱり学問ってすごいなあ、って思ったんですよね。いろんな資料に当たって、なかには図書館にしか置いてないような本もあったんですけど、どの本にもほんとにあったことが書かれてる。それが素晴らしいなあ、って。ほんとに価値があるのはこういうものだ、って思ったんですよね」

「小説はそうじゃない、ってことですか」

萌さんが言った。

「わたしの書いた小説なんて、時代とともに忘れ去られていくでしょう？　子どものころからずっと本やマンガを読んで心をときめかせて、夢ばっか見て育ってきた。現実のことをちょっと馬鹿にしてたとも思うんですよ。結婚した友だちは婚家とのつきあいやら育児やらでみんな現実と向き合って大人になっていったのに、わたしは父が亡くなるまで夢を見たままで……」

柚子さんは、ははは、と笑った。

「何千回人生をくりかえしても、若いころの自分が現実を見るようになるとはとても思えない。この生き方しかなかったとも思います。けど、こんなたんぽぽの綿毛みたいなものじゃなくて、地に根を張った大きな木の一部になりたい、って思うこともあるんですよ。でもいくら江戸のことを勉強しても、独学じゃ大きな木の一部にはなれないんですよねえ」

柚子さんは大きくため息をついた。

「でも、たんぽぽの綿毛にしかできないこともあるんじゃないですか」

航人さんが言った。

「大きな木は動けないけど、たんぽぽの綿毛は遠くまで飛べるでしょう？」

航人さんが微笑む。柚子さんはその笑顔をぽかんと見つめ、そうかもしれませんね、と言った。

4

それから蛍さんも少し吹っ切れたみたいで、句をどんどん作り出した。裏の花まで来たとき、なにか閃《ひらめ》いたのか、短冊を取りあげ、シャープペンシルを走らせた。書き終わるとさっと席を立ち、航人さんの前に置いた。

「うん、いいですね。今回は蛍さんのこの句にしようと思います」

航人さんはそう言って、短冊を蒼子さんに渡す。

「なるほど。素敵ですね」

蒼子さんもちょっと微笑んで、ホワイトボードに句を書いた。

花が舞うやぶれかぶれで生きている　蛍

「おおお、新境地ですね」

悟さんが言った。

「ほんとねぇ。『やぶれかぶれ』なんて、これまでの蛍さんの句には出てこなかった言葉よね」

桂子さんも深くうなずく。

「さっきの話を聞いて、自分はまだまだいろんなことがわかってなかった、って思ったんです。考えたら、小説も自分の気持ちばかり書いていた気がして……。もっと目を開いて、いろいろなものを見てみようと思います」

蛍さんが言った。

「いいですねえ。すごいなあ、若いって」

柚子さんはそう言うと、短冊を手元に寄せ、ペンを走らせた。

「これはどうでしょうか?」

柚子さんの出した短冊を見て、航人さんは、深くうなずき、こちらにしましょう、と言った。

花が舞うやぶれかぶれで生きている　蛍
遠くのことはみんな陽炎　柚子

「遠くのことはみんな陽炎《かげろう》。さびしいですけど、なんだかわかりますね」

蒼子さんはしみじみとした顔で自分が書いた文字を見つめる。

「さっきの航人さんのたんぽぽの綿毛の話が胸に来て、ほんとはそれを入れたかったんですけど。でも、花のあとたんぽぽの綿毛だと付きすぎかな、と思って」

柚子さんが訊いた。

「植物同士でも、すぐあとなら『すりつけ』で大丈夫という場合もあります。打越はダメだけど、二句続くのは認めるという考え方です。でも、ここは前句が花びらの飛ぶ様子だから、綿毛だと味わいが似すぎている印象がありますね」

航人さんが答える。

「綿毛みたいな存在であればいい。そう思ったら納得できる気がしました。同時にふたつのものにはなれないんですから」

柚子さんが言った。

人はみんな、一生かかってひとつのものになっていく。あれにもこれにも憧れるけど、なれるのはひとつだけ。柚子さんの言葉を聞きながら、そういうことなのかな、と思った。

「書く人は、みんなたいへんですよね。僕自身は短歌や俳句を高校の授業でいくつか作ったくらいで、その後は短歌も俳句も詩も小説も、ひとつも作ったことがないのですが……」

航人さんが言った。

「でもそういえば、航人さんの奥さんも……。小説を書いていたんですよねえ」

桂子さんがぼそっとつぶやく。

「いや、それは……」

航人さんは一瞬目を見開き、すぐに目を伏せた。

「そうなんですか？　ちっとも知りませんでした」

蒼子さんが驚いたように航人さんを見た。

「いえ、小説家というわけではなくて、小説家志望だったといいますか……」

航人さんが言葉を濁す。

「何度も新人賞に投稿してた、って聞いたけど」

桂子さんが言った。

「ええ。でもなかなか賞を取れず……。一度だけ佳作をいただいたことがありましたが、その後も本は出なかった」

前に桂子さんから、不安定な人だったと聞いたことがあったが、小説を書いている人だったとは。

「僕自身も若いころはなにか書いてみたいという気持ちがあったんですけどね。妻の小説を読んで、これくらい強い想いがある人じゃないと書けないんだなあ、と感じました。でも妻については、想いが強すぎて壊れてしまうんじゃないか、と心配していたところもあった。一度うっかりそれを口にしてしまったんですね。そこから関係がぎくしゃくして……」

航人さんが目をふせる。桂子さんがふうっとため息をつくのがわかった。

「それで、結局別れることになりました。そのことが理由で僕は連句からも遠ざかって、桂子さんにも、治子さんにも心配をかけた」

航人さんがひとつばたごの前身である「堅香子《かたかご》」を抜け、祖母が航人さんを連句の世界に呼び戻した。その話は、この前祖母の墓参りに行ったときに航人さんから聞いていた。

「元奥さんはいまどうされてるんですか？」

蒼子さんが訊いた。

「わからないです。ずっと連絡も取っていませんから」

航人さんの奥さんがどんな人だったのか、どんな小説を書いていたのか、知りたいことはたくさんあった。だが航人さんの表情を見ると、これ以上は聞けない気がして、口をつぐんだ。

「僕は臆病な人間なんですよ。最近、それがよくわかる。ひとりの世界を作りあげる強さはなく、人とともに作る連句だけを続けている。情けないですよねえ」

航人さんが笑う。

「たしかに臆病なところはあるかもしれないわね」

桂子さんはそこで言葉を切った。

「でも、航人さんは選んだんじゃないの、ひとりの世界をつきつめることより、人といっしょに世界を作ることを。みんな、航人さんがそういう人だからここに集っているんじゃない?」

桂子さんが見まわすと、みんなこっくりとうなずいた。

同時にふたつのものにはなれない。なれるのはひとつだけ。

「でも、航人さんもそろそろもう少し大胆になってもいいのかもねぇ」

桂子さんにそう言われ、航人さんはびっくりしたように桂子さんを見つめた。

「一度っきりの人生だもの。逃げてばかりじゃ、もったいないでしょう?」

桂子さんの言葉に、航人さんが目を見開く。

「そうですね。一度きりの人生ですからね」

ゆっくりと、かみしめるように言って、微笑んだ。

一度きりの人生。みんな結局、自分で自分を背負って生きていくしかない。自分の足で歩くしかない。

花が舞うやぶれかぶれで生きている　蛍

今度のトークショーの司会もちゃんとやろう。最初からできないと決めつけていたら、一生なにもしないまま終わってしまう。蛍さんの句をながめながら、そんなことを考えていた。

森に行く夢

1

久子さんや柚子さんがSNSの自分のアカウントで告知してくれたおかげで、少女マンガイベントの前売りチケットは発売数日で完売。集客に関する心配はなくなった。

マイクは真紘さんの知り合いの店から貸してもらうことになった。ワイヤレスマイク二本とピンマイク一本のセットで、ゲストのふたりがワイヤレスマイク、司会のわたしがピンマイクを使う。

追加の椅子ははじめは業者からレンタルする予定だったが、シンプルな折りたたみ椅子ならそこまで高くないことがわかり、今後のことを考え、登壇者用も含めて十二脚購入することに決めた。

トークイベントの司会の予習のため、久子さんと柚子さんがトークで取りあげる本のリストをもとに、事前にできるだけ作品を読むことにした。

リストにあったマンガはすべて購入した。かなりの出費だったが、いつもはあまり無駄遣いしない母が、手元に置いておきたい、と言って、半額出してくれたのだ。休日や、勤めのある日も空き時間には必ずマンガを開いた。

　そして、すっかりその魅力にはまってしまった。繊細な絵柄。ストーリーも重厚で、マンガだがさらさらとは読めない。描きこまれた世界を味わいながら、ひたすら読み続けた。

　こういう世界があったのか。前の職場で先輩に勧められて何冊かは読んだけれど、こんな密度の高い作品を描くマンガ家が何人もいて、競うように作品を発表していたのかと思うと、ちょっとくらくらした。そして、久子さんや柚子さん、母たちが夢中になったのもわかる気がした。

　母によれば、毎月マンガ雑誌が出るのを楽しみにして、発売されればすぐに買って読んだ。友だちの家に行けば、そこにある知らないマンガを貸してもらい、なにも語らずにそれぞれ何時間も読みふけることもあった、と言う。

　――そうやってマンガを借りて読んだ友だちの部屋のことを妙によく覚えていたりするのよね。同じ部屋でただ黙々とマンガを読んでただけなのに。すっかりマンガの世界にはいりこんで、長い年月を過ごしたみたいな気持ちになって。

　母がむかしをなつかしむような目になった。

五月の第二土曜日、少女マンガイベントの当日となった。さいわい朝から天気もよかった。通常の書店の業務を昼過ぎまでに終わらせ、書店のレジを泰子さんにおまかせして、わたしはイベントの準備にまわった。

まずは、カフェの一角に今日の物販用のスペースを準備する。この日のために取り寄せたコミックの段ボール箱を開け、机の上にならべた。

カフェのお客さまのなかには、これはなんですか、と訊いてくる人もいた。イベントのことは知らずに来店したようで、今晩トークイベントがあるんです、と答えると、関心を持つ人もいた。

「当日券はないんですか?」

三十代くらいの女性が訊いてくる。連れの姿はなく、ひとり客のようだ。

「申し訳ありません。席は前売りですべて完売してしまっているんです」

「立ち見でもかまいません。内容にすごく興味があって」

真剣な表情を見ていると、断りきれなくなってしまった。

「わかりました。訊いてみます。こちらで少々お待ちください」

そう言って、レジの泰子さんに相談に行った。

「そうだねえ。スペース的には余裕があるし、入れようか」

泰子さんは少し考えてからそう言った。

「書店のバックヤードに丸椅子がありますから、それを出すのはどうでしょう」

　わたしは提案した。バックヤードには従業員の作業用の丸椅子が三脚ある。

「ああ、そうだね。丸椅子なら、カフェの厨房にも三脚あったはずだから。真紘さんが使う椅子だけ残して、二脚は出せる。書店の丸椅子三脚と足して五脚。それくらいならそんなにぎゅうぎゅうにもならないだろうし、丸椅子だとおことわりした上で、当日券五枚まで出すことにしよう」

「価格はどうしますか。当日券は前売り券より少し高めにするっていう話もありましたが、丸椅子ですし……」

「まあ、でも、同額にしちゃったら、前売りで買ってくれている人に申し訳ないからねえ。二〇〇円だけ上乗せしようか」

　泰子さんにそう言われ、カフェに戻る。いまはまだ当日券の準備がないから、名前を聞いて予約だけ受けつけることにした。


　本をすべてならべて上に布をかけたあとは、バックヤードでお客さまに渡す資料類をセットしたり、久子さんと柚子さんが送ってくれたスライドのデータを確認したり。司会の言葉の原稿を読み返していると、どんどん緊張が高まってくる。

　ちゃんとできるかな。人前でしゃべるなんて、大学生のとき以来じゃないか。卒業論文の発表会。原稿はちゃんと準備していたのに、すっかり緊張してしまって、はじまってすぐに頭が真っ白になり、発表が止まってしまった。

教授の助け舟のおかげでなんとか持ち直すことができたし、止まってしまっていた時間は自分が思っていたほど長くなかったみたいだけど、あのときは永遠のように感じた。

そもそも小学校のときから、人前でしゃべるのはあまり好きじゃなかったのだ。目の前にこちらを見つめる顔がずらっとならび、なかには頬杖をついたり、眠そうにしている人もいて、ひとりひとりがなにを考えているか想像すると頭がいっぱいになって、なにを話したらいいかわからなくなってしまう。自分なんかがこんなところで話していいのか、という気持ちになって、逃げ出したくなる。だから、できるかぎり人前で話す機会は避けてきた。

でも、今回は……。最初は自信がなくてためらったけれど、やってみようと決意した。苦手なことを避けていたら、できることがどんどん狭まって、後悔すると思ったから。

できる。予習もたくさんしたし、司会の言葉もそらで言えるくらい何度も練習したんだから。

そう言い聞かせてみたが、緊張はいっこうにおさまらなかった。

2

五時になると、萌さんがプロジェクターとパソコンを持ってやってきた。「あずきブックス」のパソコンとうまく接続できるかわからないので、萌さんがいつも家で使っているパソコンを持ってきてもらったのだ。久子さんと柚子さんの作ったスライドが萌さんのパソコンで動くことを確認する。

カフェは五時でいったんオーダーストップ、五時半にクローズして、お客さまが出たあと、萌さんとふたりで椅子を移動する。テーブルは真紘さんと三人がかりで、厨房の奥の扉から裏庭に出す。カフェの椅子を前方に、パイプ椅子を後方に。そのうしろにカフェの丸椅子を出す。

それから、ふだん書店のバックヤードで使っている小さな折りたたみ机を出してきて、カフェの入口前に置いた。受付担当は萌さんだ。真紘さんによると、わたしが書店のバックヤードにいるあいだにさらにひとり、当日券希望のお客さまがあったようで、わたしが受けたひとりと合わせて名前を萌さんに伝える。

「そしたら、あと三枚は当日券を出せるってことですよね？」

萌さんに訊かれ、うなずく。

「じゃあ、SNSで告知しませんか？　まだイベント開始までに一時間ありますし、都内からなら間に合うでしょう？　売り切れで前売り券を買えなかった人もいると思いますし」

「たしかにそうですね。思いつきませんでした」

わたしが答えると、萌さんはさっそくスマホから当日券のことを投稿した。

資料を受付にセットしていると、久子さんと柚子さんがやってきた。カフェは準備でバタバタしているし、六時半に開場すればお客さまもはいってくる。それで、開演までのあいだ、バックヤードで休んでもらうことにした。

「へえ、バックヤードってこんな感じなんですねえ」

久子さんが室内をきょろきょろ見まわす。

「すみません、狭いところで……。しかも丸椅子しかなくて」

部屋自体あまり広くない上、壁際にはスチールラックがならび、床にも段ボール箱が置かれている。人が三人はいるとぎっしりな感じだ。

「いえ、ただ裏にはいったのがはじめてで、こうなってるのかあ、と……」

久子さんも柚子さんも棚をしばらくながめたあと、丸椅子に座った。

「今日はよろしくお願いします」

そう言って、書類が積まれた机の空きスペースに飲み物を出す。自分で作ったメメモ書きを見ながら、久子さんたちの入場のタイミング、トーク開始までの段取り、質疑応答の時間について説明した。

「一葉さん、緊張してますね」

一段落したところで、柚子さんがわたしの顔をのぞきこんだ。

「はい、少し。人前に立つのが苦手で、心配で何度も練習したんですけど……」

「大丈夫ですよ。一葉さん、声も聞き取りやすいし、落ち着いてるし」

久子さんがくすくす笑う。考えたら、実際にトークショーをするのは久子さんと柚子さんで、わたしは最初と最後のあいさつだけなのだ。ふたりに気遣われているのがおかしい。

「久子さんは大学で教えてるから慣れてるだろうけど、わたしも緊張してますよ。基本的に家にこもりがちの、ビビりですから」

柚子さんがははは、と笑ったとき、泰子さんがバックヤードに顔を出した。

「カフェの前、もうお客さんがならんでるよ」

「ほんとですか？　何人くらい？」

「十人くらいかな。もうそろそろ開場時間だから」

泰子さんが腕時計を見る。スマホをのぞくと、もう六時二十五分を過ぎている。

「うーん、どきどきしてきたねえ。自分がしゃべるわけでもないのに」

泰子さんは肩をぶるっとふるわせ、書店の方に戻っていった。

「うーん、ますます緊張してきた」

柚子さんが言った。

「途中で頭真っ白になって、話すこと忘れちゃいそう」

「柚子さん、あれだけしっかりスライド作ってたじゃないですか。あのスライド見れば、話さなきゃらないことは思い出しますよ」

久子さんはのんびりお茶を飲みながら答える。

「ですよね？　そう思って、めちゃくちゃがんばって作ったんですよ。忘れてることがないか何度も見直したし、文字のサイズや配置もしつこいくらい調整して。もう、ほんと、自分が作ったスライドだけが頼り」

「柚子さんって、けっこう慎重派なんですねえ」

久子さんが笑った。たしかに、久子さんのスライドは何枚か写真がならんでいるだけのざっくりしたもので、柚子さんの方はその三倍くらいの分量があった。

「凝り性なんですよ。この性格、自分でも嫌になるんですけど。シンポジウムじゃないんだから、こんな枚数いらないって」

柚子さんの笑顔につられて、わたしも思わず笑ってしまった。

「じゃあ、わたしはそろそろカフェの方に出ます。本の販売があるので。あと、すみません、お客さんがいっぱいで、ここの丸椅子も出すことになったんです」

「え、ほんとに？」

柚子さんが目をまるくした。

「椅子、持っていってもいいですか？　座るところがなくなっちゃうんですけど」

「大丈夫ですよ、それくらい」

久子さんが笑った。

「じゃあ、おふたりの登場のときには泰子さんが呼びにきますので。それまでここでお待ちください」

丸椅子を重ねて持って、バックヤードを出た。


カフェにはいると、もう前の方の席はすっかり埋まっていた。パイプ椅子のうしろに持ってきた丸椅子を出し、物販ブースに立つ。

前から二列目に座っている蒼子さんや母と目が合う。母がわたしに小さく手を振ってきたので、こちらも小さく振り返した。その少しうしろに、鈴代さんと陽一さん、蛍さん、海月さんの姿も見える。

知り合いが多いことで、少し緊張がほぐれた。本の上にかかった布をはずす。平置きされたマンガ本や久子さん、柚子さんの著書に気づいて、お客さまが何人かブースの方にやってきた。

「すみません、これください」

お客さまのひとりが数冊を手にとって、差し出してくる。あわてて受け取って会計した。ほかのお客さまもみんな熱心に本を選んでいる。本が売れるのはトークイベントが終わってからだと思いこんでいたが、そういうわけでもないみたいだ。

数人のお客さまが本を選び終わり、会計を待っている。

「会計はこちらでも承りますよー」

書店のレジの方から泰子さんの声がして、数人が書店のレジに流れた。おかげで少し楽になったが、お客さまは次々とやってきて、休む暇もない。あっという間にイベント開始時間五分前になった。当日券もすべて売れたらしい。

「そろそろ開演します。ご着席くださーい」

入口の方から萌さんの声がした。物販コーナーもそのときならんでいたお客さまの会計だけ済ませ、いったん閉じた。泰子さんが書店の扉を閉め、バックヤードに久子さんたちを呼びに行く。わたしは会場のうしろを通って、反対側の壁面前に移動した。

カフェと書店の境に久子さんたちがあらわれる。七時ちょうどだ。わたしは深呼吸して、マイクのスイッチを入れた。

「皆さま、本日はあずきブックスのトークイベント『少女マンガからはじまった！　わたしたちの創作人生』にご来場いただき、まことにありがとうございます。本日のゲスト、歌人の川島久子さんと、小説家・上坂柚子さんが入場されますので、大きな拍手でお迎えください」

何度も練習した甲斐があって、なんとかつっかえずに言うことができた。久子さんと柚子さんがお客さまに頭を下げながらこちらに向かって歩いてくる。会場からも拍手が起こった。母や萌さんがわたしの方を心配そうに見ている。

大丈夫。できる。久子さんと柚子さんが椅子に座ったところで、もう一度呼吸を整えた。

今日のイベントの趣旨を説明し、携帯電話の音や時計のアラームのことなど注意事項を述べる。それからふたりのプロフィールを読みあげた。会場に自分の声が吸いこまれていくのがわかり、不思議なほど落ち着いた気持ちであいさつを終えた。

いったんトークがはじまると、よどみない語りが続いた。話が詰まったら司会が話題をふらないと、と思っていたけれど、そんな必要はまったくなかった。

スライドの操作も萌さんが滞りなくおこなってくれたし、わたしはただ横で話を聞いているだけ。話がおもしろくて聞き入っているうちに、自分が司会だということともすっかり忘れてしまっていた。

柚子さんは用意してきた膨大なスライドをもとに、自分が好きだった少女マンガについて熱く語った。話したいことが多すぎて、ときどき脱線してしまうこともあったが、久子さんがうまく軌道修正している。

のんびりおだやかな話し方だが、大学で教えているだけあって、久子さんの話はわかりやすい。柚子さんのどんどん広がっていく話の要点をしっかりまとめ、次の話題にスムーズにつなげていく。

ブレイクタイムをはさんで、話はしだいに少女マンガが久子さんと柚子さんの作品にどのように影響を与えたか、という本筋にはいっていった。

久子さんは、人にはだれでも、自分以外のだれかに対する希求がある、と言った。生まれたばかりのころにあった自分と世界のあいだの信頼がなくなったとき、どこかに自分を結びつけたいという想いが強くなる。

恋愛とその成就というわかりやすい形におさまればハッピーエンドになるが、恋愛の枠におさまらず、想いが果てしなく遠くまで伸び、行き場をなくしてしまうこともある。行き着く先がない強い想いは、ときに死という形に結びつく。

自分が好きな作品は、そうした純粋で強い想いが凝縮したマンガだと思う。自分の初期の作品もまた、そのような果てのない想いにとらわれていた。それが自分の表現の原動力だった。久子さんはそう語った。

　柚子さんは、この前の連句会でその話をしたことで吹っ切れたのか、自分がもともとは別名でマンガを描いていたと明かした。そして、マンガを描いていたころは自分も果てのない想いにとらわれていたところがあり、父の死によってそこから脱却した、と語った。

「父が亡くなったとき、自分の創作の根幹に『父に認められたい』っていう想いがあったのに気づいてしまったんですよね。でも、父はもういないわけで、それはもう絶対に叶わない。それで、もうどうとでもなれ、っていう気持ちになった」

「どうとでもなれ、って？」

「自分の好きなようにやってやる、っていうかね。要するに、それまでは見栄張ってたところも大きかったんですよ。父に賢く見られたかったんだと思います。それにとらわれて、いつも主人公を思い切ってジャンプさせることができなかった」

「ジャンプ……？」

「なにに対してもおそるおそる触れるだけで、自分の力でなにかを決めることができない。でもそのとき、もういいや、って思えたんです。もうここから先は自分で決めるしかないんだから、馬鹿に見えたとしても、やるしかないんだって」

「そうだったんですね」

「マンガをやめて、小説に切り替えたのもよかったんだと思うんです。文章だけで全部あらわすのははじめての体験で、書き方もなにもかもわからなかった。それまでの自分の書き方に縛られることなく、自由に書けたんです」

柚子さんの話に、久子さんがなるほど、とうなずく。

「久子さんには、最初から自分のスタイルっていうか、これが久子さん、みたいな形があったと思うんですよ。一種の天才ですよね。それと同じで、今回このイベントのために少女マンガを読み直してみたら、このころのマンガ家って、やっぱりすごいなあ、と思いました。これを十代、二十代で描いたって、ちょっと驚愕じゃないですか？　こんな想像力、どこから出てくるの、って」

「それは、思いますすねえ」

久子さんが笑ってうなずく。

「もうわたしなんか四百年生きてもこの域には到達しないな、って。少年や少女の強い衝動をためらいなく前面に押し出して。わけ知り顔の大人の読者がいない、同じ年ごろの読者だけに向けていたからできたことなのかもしれないけど、勇気と覚悟が全然ちがうな、って思いました」

「勇気を持って強い衝動を形にできた人だけが作品を生み出すことができる、ってことはあるかもしれないですね。大事なのは思い切り、ってことでしょうか。柚子さんのマンガについては、わたしは柚子さんのマンガ作品を読んだことがないので、なんとも言えないんですが……。今度見せてくださいよ」

「いやー、それはダメ。黒歴史ですから」

柚子さんが大きく両手を振って、会場も笑いに包まれた。

萌さんが腕時計を指す仕草をしているのが見え、はっと時計を見るとトーク終了の時間まであと十分ちょっと。最後の十分は質疑応答にする予定だったと思い出す。久子さんたちも合図に気づいたようで、こちらを見た。

「まだまだお話をうかがいたいところなのですが、終わりの時間が近づいていまして……。このあたりで、会場から質問をいただこうと思います。質問がある方はいらっしゃいますか」

そう言って、会場を見まわす。しばらくして、ぱらぱらと手があがるのが見えた。順に指名し、その場で質問してもらう。

久子さんと柚子さんの的確な答えで、手をあげた人にはほぼ全員発言してもらうことができ、質疑応答タイムも無事終了した。

3

イベント終了後は、ゲストも含めて自由に交流する二次会に移行した。

母や「ひとつばたご」の人たちからおつかれさまとねぎらわれ、トークを聴きにきていた久子さんの知り合いにも紹介してもらった。歌人が多かったが、なかには詩人の男性もいた。広田優《ひろたゆう》さんといって、久子さんより少し年上で、大学でドイツ語を教えながら翻訳をしたり、詩人として活動したりしているのだと言う。

「広田さんはむかしから少女マンガが好きなんですよね。とくに萩尾望都さんが」

久子さんが言う。

「ええ。だから今日はどうしても話を聞きたくて。久子さんの話、興味深かったですよ。上坂柚子さんも、今日はじめてお話を聞きましたが、おもしろい方ですね」

広田さんがまたにっこり笑った。

「萩尾望都さんがお好きという話でしたが、いちばんお好きなのはどの作品ですか?」

蒼子さんが訊いた。

「『トーマの心臓』ですよね?」

久子さんが横から答える。

「そうですね、最初に読んだのが『トーマの心臓』で。それですっかり虜になってしまったんですよ」

「先輩の女生徒から薦められたんでしょう？」

久子さんが含み笑いをしながら言った。

「え、先輩の女生徒？」

鈴代さんが目を輝かせる。

「そうなんです。むかしうっかりその話をしたら、なんだか妙に広まっちゃって」

広田さんが困ったように笑った。

「高校時代のひとつ上の先輩ですよね？　ものすごくきれいな人だった、とか」

久子さんが言った。

「そう。同じ図書委員で。わたしはドイツ文学専攻で、専門はリルケなんですが、それも高校時代、彼女がよく図書室でリルケの本を読んでいたからで……」

「うわあ、それ自体が少女マンガみたい」

萌さんが小さく叫ぶ。

「その先輩に『トーマの心臓』を薦められたんですよ。マンガなんて、って思ったけど、読んでみて驚いて……。そこから少女マンガの世界に目覚めたんです」

「なるほどぉ。たしかにうつくしく聡明な先輩に薦められたら、読みますよねぇ」

鈴代さんが目をきらきらさせた。

「そういえば広田さん、前に連句に興味がある、って言ってましたよね？　ここにいる皆さんはひとつばたごという連句会に所属していて、月に一度連句を巻いているんですよ」

久子さんが言った。

「月に一度……。それは楽しそうですね」

広田さんがにっこり微笑み、目尻に深い皺が寄った。

「実は詩人のなかにも連句や連詩をしたことがあるという人がけっこういましてね。それがみんな妙に楽しそうなんですよ。日ごろは辛気臭い詩を書いている人でも、連句になるとうきうきしてたりして。それで一度やってみたいと思ってたんです。いや、短歌も俳句も作ったことがないし、連句の知識もなにもないんですが」

「ああ、それは大丈夫ですよ。ひとつばたごには航人さんっていう捌きがいて、なんでも教えてくれますから」

久子さんが言った。

「そうしたら、試しに一度いらっしゃいませんか。次の連句会は来週の土曜です」

蒼子さんが提案する。

「来週の土曜……。いまはちょっと予定がはっきりしないんですが、わかったら連絡するのでもいいでしょうか」

「ええ、それはもう……」

「そしたら蒼子さん、広田さんに蒼子さんのアドレスを教えてもいいですか」

久子さんに訊かれ、蒼子さんがうなずいた。


広田さんとの話が一段落つき、物販スペースに行った。販売には萌さんが手伝いにはいってくれていて、泰子さんとふたりでてきぱきとお客さまに対応している。見ると台の上の本もかなり減って、完売になっているものも多かった。

「一葉さん、おつかれさま。ここはわたしがやるから、いまは大丈夫だよ。お母さんもいらしてるでしょ？　わたしもさっきあいさつした」

萌さんに言われて会場を見渡すと、入口近くに母の姿があった。赤ちゃんを抱っこした怜さんもいる。そのまわりを鈴代さん、陽一さん、蛍さん、海月さんとわたしの母が取り囲んで、ちょっとした人垣になっていた。

「怜さん、いらしてたんですね」

人垣に近づき、真ん中の怜さんに話しかける。

「うん。子どもが泣くといけないからトークはあきらめたんだけど、みんなに会いたいからフリートークタイムになってから来たんだ。トークショー、大盛況だったみたいだね」

怜さんが答える。赤ちゃんは生後二ヶ月。病院にお見舞いに行ったときよりは大きくなっていたが、まだ首もすわっていない。怜さんが肩からかけたスリングのなかにすっぽりおさまって、眠っている。

「はい、おかげさまで。トークの内容もすごく充実してましたし、物販コーナーの本もかなり売れたみたいです」

「うん、さっき祖母から聞いた。追加ドリンクやスイーツもけっこう出たって」

「一葉さんの司会も、良かったよぉ。すっごく落ち着いてたし、プロの司会者みたいだった」

鈴代さんがにこにこ笑う。

「いえ、久子さんも柚子さんもお話がうまくて、わたしはなにもしないですんじゃいました」

笑いながら答えた。話が止まってしまったときに質問ができるように、マンガを読んで予習して、メモ書きも作っておいたのだが、結局使わずじまいだった。

「あっという間だったよね。むかしのことを思い出したりして、楽しかったなあ」

母は満足そうな顔である。

「とても勉強にもなりました。マンガの話もですけど、おふたりの創作に関する話が興味深くて。やっぱり創作に携わる方たちはちがうなあ、と」

陽一さんが言った。

「わたしは読んだことのないマンガが多くて……。でも、お話を聞いて興味が出て、さっき物販コーナーで何冊か買ってみたんです」

蛍さんが買ったばかりのマンガを取り出し、ページをめくった。

「いやあ、絵柄が超美麗ですよね。人体の描き方もコマ割りも、ほんと神」

海月さんがマンガを横からのぞきこみながら言った。

「そうかあ。わたしも聞きたかったなあ。無理だと思ったけど、これだけ寝てるんだったらトークも聞けたかもね」

怜さんがスリングのなかを見る。赤ちゃんは相変わらずすやすや眠っている。

「かわいいですねえ」

蛍さんが目を細めた。

「このかわいさは……やばい。この、手の小ささよ……」

海月さんは赤ちゃんのぎゅうっと握ったこぶしをじっと見ている。

「起きてたらみんなに抱っこしてもらうんだけどね」

怜さんが言った。

「いやいやいや、それは怖すぎます」

海月さんが両手を振った。

「え〜〜〜抱っこしてみたい。まだ首もすわってないですよね？」

母が言った。

「はい、まだほにゃほにゃです」

怜さんが笑った。


お客さまが帰ったあと、会場を片づけ、久子さんと柚子さん、泰子さん、真紘さん、萌さんであずきブックスのカフェで簡単な慰労会をした。怜さんと赤ちゃんもいる。赤ちゃんは一度目を覚ましたけれど、授乳するとまた眠ってしまった。

真紘さんの料理がテーブルにならぶ。空豆やスナップエンドウのサラダ、春キャベツのパスタ、メバルのアクアパッツァ。どれもおいしくて、どんどん箸がのびる。緊張で気がつかなかったけれど、お昼もパンをひとつつまんだだけだったし、かなりお腹が空いていたみたいだ。

イベントが盛況だったので、泰子さんも上機嫌だった。物販ブースの本もほとんど完売、カフェの売上も上々だったらしい。お客さまに書いてもらったアンケートも好評で、久子さんにも、これなら次もできますね、と言われていた。

特別なことをしたわけでもないが、なぜかわたしの司会もみんなに褒めてもらった。態度が落ち着いていて、あいさつもゲストの紹介もしっかりしていたし、滑舌も良く聞き取りやすい。それだけで、イベントに対する信頼感がアップするのだ、と柚子さんは言っていた。

怜さん、萌さんはあまり遅くまでいられないので途中で帰り、久子さん、柚子さんを見送ったあと、真紘さんと泰子さんといっしょに店を片づけ、あずきブックスを出た。

夜の道をひとりで歩きながら、世界は広くて、自分が知らないことがたくさんあるんだなあ、と思った。これまでは自分が生きていく道を考えるのがやっとだったけれど、あずきブックスを盛りあげるためにももっと勉強しなければ。

勉強というのは大学時代で終わりだと思っていたけど、とんでもない。世の中にはおもしろいことがたくさんあって、それを学ぶのはたいへんだけれど楽しいことだし、そうしなければ発展はない。

大学までに習ったことがすべてというわけではなくて、学校で教わってきたのは、自分で学ぶための手立てなのかもしれない。文字を学び、基礎的な知識を学び、考え方を学ぶ。それらはすべてひとりで学び、考えていくための準備だったのだ。

社会に出たら、その方法を使って学び、考え、自分と自分の属する集団を育てていく。そういうことなのかもしれないな、と思った。

翌日、蒼子さんから連絡があった。トークイベントに来ていた詩人の広田さんが今度の連句会に参加することになったという。そして、自分の知人で和菓子を作っている人がいるので、そこのお菓子を手土産に持っていきたいという申し出があったらしい。

五月のお菓子は言問団子の予定だったが、和菓子がふたつかぶっても良くないし、今月はわたしのお菓子はお休みということになった。

広田さんの詩がどういうものなのか、連句会の前に読んでおこうと思い、ネットで検索してみると、「現代詩叢書」というシリーズに『広田優詩集』があり、近くの図書館にもおさめられていることがわかった。

あずきブックスの詩歌の棚はとても小さいし、前の書店に勤めていたころも詩歌の棚のことはよくわかっていなかった。連句をはじめてから足を運ぶようになったけれど、見るのは短歌や俳句ばかりで、詩はあいかわらず未知の領域だ。

図書館に行き、『広田優詩集』を探した。「現代詩叢書」は近現代の詩作品を詩人ごとにまとめたシリーズで、詩人の既刊詩集の作品や詩論が収められ、ソフトカバーの手軽なサイズになっている。二段組なので少し読みにくいが、新旧の作品が一冊にまとまっているのはありがたい。

棚から『広田優詩集』を手に取り、その場でめくった。初期のものは漢字も多くて難解である。だが、言葉に硬質な輝きがあり、こういう世界もあるのか、と心惹かれた。小説とはまったくちがう凝縮された世界で、理解できないながらも、字面のうつくしさに息を吞む。

そういえば、広田さんはドイツ文学が専門で、リルケを研究していた、と言ってたっけ。外国文学は苦手で、あまり読んだことがなかったが、詩について学ぶためにはそれも必要かもしれない、と思った。

ドイツ文学の棚の方に移動し、リルケの本を探す。まず文庫の詩集を手に取ったが、となりにあった『マルテの手記』にも目がとまった。名作全集などによくはいっている有名な本だし、リルケといえば『マルテの手記』という印象がある。

むずかしそうだけれど、やはり一度は読んだ方がいいのかもしれない。結局、広田さんの詩集とリルケの詩集、それから『マルテの手記』を借りて、家に帰った。

リルケの詩も『マルテの手記』もむずかしく、読み進めるのには時間がかかった。『マルテの手記』は小説と呼ばれているけれど、筋のようなものはなにもない。少しずつ読み進めたが、一週間かかっても全部読み切ることはできなかった。

広田さんが憧れた先輩の女生徒は、これを高校生のときに読んでいたのか。広田さんもそれを真似してリルケを読んだと言っていた。

ふたりともすごい秀才だなあ、と思った。でもそのころの読書とはそういうものだったのかもしれない。外国文学や日本の近代文学。難解で、重厚な文章。そうしたものを読むのが読書だった。わたしも本は好きだけど、読んでいるものは読みやすい最近のものばかりだ。

だが、夜ひとりの部屋で読んでいると、リルケにも広田さんの詩にも、思いがけず吸いこまれてしまうときもあった。

広田さんの初期の詩には、何度もうつくしい女性の姿が登場した。なによりも大切で、しかし決して理解できない存在として。これがもしかしたら広田さんの憧れていた先輩の女生徒なのかもしれない、と胸が高鳴った。

しかし詩集を読むかぎり、広田さんとその女生徒は結ばれなかったように見える。中期の作品では、二度と会うことのできない彼女のうしろ姿が何度も描写されていた。別れてしまったということだろうか。

経歴を見ると、広田さんは二十代後半から三十代半ばにかけての一時期、詩集の刊行がない。そして、ブランクを経たあとの詩集には彼女はまったく出てこなくなり、作風も平易で読みやすいものに大きく変わっていた。

ひらがなが増え、やさしくやわらかい表現だが、前期の作品より心に残るものが多い気がした。詩のあとにいくつか随想もおさめられていて、身辺雑記のようなものが多かったが、読みやすく、しずかな文体が胸に染みこんでくる。

広田さんはどんな句を作るんだろう。本を読むうちにだんだん興味が出てきて、次の連句会が楽しみになった。

4

連句会の日になった。今日はお菓子の用意がいらないから、歳時記と筆記用具だけを持って家を出た。これまでは毎回お菓子を持っていっていたので、なんだか変な感じだ。

今日の会場は前回と同じ池上会館。今回は池上駅から歩いてみようかと思ったが、迷いそうな気がして、結局いつもと同じように西馬込から坂をのぼったりおりたりしながら、歩いていった。

最後、本門寺の方に向かってのぼる坂道は、木々の葉のまだ若い緑がうつくしく、歩いているだけでしあわせな気持ちになる。そういえば、去年ここにはじめて来たときもこのうつくしさに目を奪われたんだった、と思い出した。

会場に着くと、広田さんはもう来ていた。蒼子さんが航人さんに広田さんのことを紹介している。あとからやってきた萌さん、陽一さん、蛍さんといっしょに、給湯室でお茶を淹れる。広田さんの詩集を読んだことを話すと、萌さんが即座に、わたしも読みましたよ、と言った。

「ええっ、萌さんも！　わたしも読みました。素敵ですよね。詩って、あんまり読んだことがなかったですけど、小説とはまたちがう魅力があって……」

蛍さんが目を輝かせている。

「実は、僕も読みました。でも、言葉の密度が濃くて、少しずつしか読めなくて。これはゆっくり読んだ方がいいなって」

陽一さんも言った。

「そうなんですよ。言葉が凝縮されてるんですよね。すごくかっこよくて、めちゃめちゃ惹かれました。わたしも書いてみたいな、って」

その言葉を聞いて、蛍さんらしい、と思った。

「さすがですね。なんでも吸収しようという意欲がすごい」

陽一さんが感心したように笑う。

「初期の詩に出てくる女性がいるじゃないですか？　あれってやっぱり、あのときの話に出てきた先輩の女生徒なんでしょうかね？」

萌さんが言った。

「萌さんもそう思いましたか？　詩ですから、現実そのままじゃないのかもしれませんけど、その人がモデルになってるんじゃないか、ってわたしも思いました」

蛍さんも同意する。

「でも、途中で女性が去っていくじゃないですか。あれは……」

萌さんが腕組みした。

「後期の詩にはまったく登場しませんしね。気にはなりますけど、どういう事情なのかわからないですし、本人に訊くわけにもいきませんよねえ」

陽一さんが言った。

「そうですね、久子先生に訊くとか……」

蛍さんが首をかしげる。

「まあ、とにかくお茶を持っていかないと」

萌さんが気を取り直したように、お盆を持った。

部屋に戻ると、直也さん、悟さんもやってきていて、机をロの字に整えたり、短冊を机に配置したりしていた。

今日は鈴代さんは仕事の都合でお休み。柚子さんは新作の執筆時期にはいったらしく、蒼子さんのところに、しばらくお休みする、でもまた時間ができたら参加します、という連絡があったらしい。久子さんも忙しいようで、今日は来ていない。

「じゃあ、皆さんそろいましたし、そろそろはじめましょうか」

航人さんがみんなを見まわす。

「今日はまたあたらしい方がいらっしゃいますので……。悟さんはもともと久子さん経由で顔見知り、一葉さんたちはあずきブックスのイベントですでにお話しされているとのことでしたが、桂子さんと直也さんははじめてですし、自己紹介しておきましょうか」

「そうですね、あずきブックスでお目にかかったときは、わたしたちもちゃんと自己紹介してませんでしたし」

萌さんが言った。それで、全員簡単に自己紹介した。広田さんは私立大学でドイツ語を教えている。詩については、大学在学中に文芸サークルの仲間うちで現代詩の同人誌を作ったのが書きはじめたきっかけなのだそうだ。

「文芸創作サークルのなかで、詩に興味がある連中が集まって雑誌を作ったんです。創作サークルだからいろんな学科の学生がいて。ただ、仏文科か英文科が多かったですね。あとは日文も何人か。独文は同学年ではわたしひとりでした」

広田さんはそう言った。広田さんたちの作った同人誌は詩の世界でも話題になり、所属していたメンバーの多くはのちに詩人と呼ばれるようになった。

「でも、専攻している言語によって詩に対する意見がわかれるところもあって。それで、わたしはなんとなく少し距離を置いてほかのメンバーと接していたようなところがあったんですよね」

「なるほど、どこの国の文学を学んでいるかで、読む詩もちがいますからね。スタイルもちがうし、求めるものもちがう」

直也さんがうなずく。

「そうなんですよ、詩というもののとらえ方もちがっていて。同じ詩という言葉を使っていても、折り合いのつかないところがけっこうあったんですね。でも、わたしはそれ以前に、そうやってもとの言語に縛られる在り方にちょっと疑問を感じるところもあって」

「もとの言語に縛られるってどういうことですか」

蛍さんが訊いた。

「外国語の文学を研究している学生は、みんなほんとは日本語じゃなくて、別の言語で詩を発想して、それを日本語に置き換えているんじゃないか、と感じるところがあったんですよ。そういうわたしも、やっぱりどうしてもドイツ語の詩から離れられないところもあったんですけれども……」

ドイツ語の詩というのは、リルケのことなんだろうか。気になったけれど、質問する勇気はない。

「まあ、詩の話はこのくらいで。今日は連句の会に来たわけですし」

広田さんが笑った。

「そうですね、ではそろそろはじめましょう。最初の句は発句と言いまして……」

航人さんがそう言って、発句の説明をはじめた。季節は立夏《りっか》をすぎたので、もう夏。五七五で、夏の季語を入れる。

「季語……」

広田さんがつぶやく。

「発句はその季節の季語を使うんです。だから、いま外にあるものを詠めば、たいてい自然に季語になりますよ」

桂子さんが言った。

「挨拶句ですから、この会場や、ここにくる道中で見たものを読むのが良いとされてます」

航人さんの言葉に、広田さんがうーんとうなった。

「季語というのはどうも馴染めないなあ。借り物みたいで、気恥ずかしいし」

そう言って苦笑する。

「まあまあ、ここに来たからには連句のやり方で作るしかないですよ。季語が気恥ずかしいというのはなんとなくわかりますけど」

悟さんが笑った。

「なるほど。ここはちゃんとやらないと、かえって恥ずかしいものになりそうだ。五七五だって気恥ずかしいものだし。ここはあきらめて、なりきるしかないね」

広田さんはそう言って、ぱらぱらと歳時記をめくった。しばらくじっとながめ、短冊を手に取る。ペンを持つと、意外なほどさらさらっと句を書いた。

「で、これをどうすれば？」

「わたしのところに出してください。発句は元来、お客さまが出すもの。今回の場合は広田さんの役目です。ここではあまりこだわらず、だれが出してもいいことにしています。みんなで句を考えて、出してもらったものから僕が選びます」

航人さんが説明した。

「それが捌きというものなんですね。わかりました。じゃあ、お願いします」

広田さんはそう言って、短冊を航人さんの前に出した。

「素敵ですね。お客さまの句でもあるし、ちょうどいい。これにしましょう」

航人さんが短冊を蒼子さんに渡す。蒼子さんが立ちあがり、ホワイトボードに句を書いた。

緑陰やまだらになりて歩きをり

「おおお、『まだらになりて』とは、かっこいいですね」

直也さんがうなずく。

「『緑陰や』って、ちゃんと切れ字まではいってるじゃないですか」

悟さんが笑顔で言った。

「やるからにはなりきらないと。でも、こうやってずばっと書くと、なかなか気持ちいいね」

広田さんが笑う。

「広田さん、名前はどうされますか。連句は遊びの席ですから、日ごろの身分からは離れて、下の名前で呼び合うんですよ。本名でも、連句の席だけの名前でも」

「なるほど。おもしろいですね。じゃあ、どうしようかな」

広田さんが天井を見あげる。

「いや、すぐにいい名前も思いつかないし。本名のまま優でお願いします」

広田さん改め優さんがそう言うと、蒼子さんがホワイトボードに「優」と書いた。

「優さんに発句を出してもらいましたし、ここは捌きの僕が脇を付けますね」

航人さんはそう言って、手元の短冊にさらさらと句を書きつけ、蒼子さんに渡す。

緑陰やまだらになりて歩きをり　優
道を横切る蟻たちの列　航人

ホワイトボードに発句と脇がならぶ。

「これはどういう……」

優さんがホワイトボードを見た。

「ここから先はもっと飛躍していいんですが、脇は発句に寄り添って付けるのがよしとされているんです。同じ季節、同じとき、同じ場所。発句が外の道を歩く姿を詠んでいるので、脇はその足元の小さな世界を描いてみました」

「ああ、なるほど。同じとき、同じ場所。たしかに……」

優さんがうなる。

「おもしろいですね。蟻たちの列だけだと詩情が弱い気もしますが、こうしてならんでみると雰囲気がある。発句は己の姿だが、脇の方は同じ場所にいながら別の論理で動く小さな世界で、まったくちがう時間が流れている……という感じでしょうか。対比がいいですね」

優さんが言った。

「そういうことです。でも次の句はこの世界をいったん壊すくらい、離れた方がいいんです」

「あらたにスタートするくらいの気持ちで、っていつもおっしゃってますよね」

桂子さんがにっこり微笑んだ。

5

順調に表六句が終わり、お茶の時間に。蒼子さんが、いつもはここでお菓子を出すんですよ、と説明すると、優さんが持ってきた紙袋から箱を取り出した。

真っ白い紙箱に、質感の異なる白い紙がかかり、白い紙の紐が結ばれている。和菓子とは思えないほど、モダンな佇まいだ。

「箱も素敵ですねえ。どんなお菓子なんでしょう?」

蛍さんが興味しんしんという表情で箱を見つめた。

「中身も素晴らしいんですよ。妻の教え子が営む創作和菓子の店のお菓子で」

「奥さま?」

萌さんが目を丸くした。蛍さん、陽一さんと顔を見合わせる。奥さまというのは、あの女生徒なんだろうか?

「ええ、妻は染織家で、美大の工芸学科で染織の授業を持っているんです。その授業を取った学生が、実家の和菓子店を継いで、創作和菓子を作るようになって……。染織を学んだだけあって、色合いがとてもうつくしいんです」

優さんがそういいながら紙の紐をほどく。染織家？　美大の工芸学科で教えている……？　つまり、リルケの詩集の彼女ではないということ？　萌さん、蛍さん、陽一さんも同じことを考えたようで、ちょっと目が合った。

しかし、箱の蓋を開けたとたん、みんなそんなことは忘れて、箱のなかのお菓子に見入った。

「きれい」

蛍さんがため息をつく。

「こんなお菓子、見たことないわぁ。ガラスの工芸品みたい」

桂子さんが目を丸くしている。たしかに、どれも半透明で、磨りガラスのようだった。しかも一色ではなく、グラデーションになっていたり、別の色が流れるように混ざっていたり、中心に入っている形が透けて見えたり。

「芸術ですねえ、これは」

悟さんもうなる。

「そうそう、しかも名前がまたうつくしいんです」

優さんがなかに入っていたリーフレットを取り出した。お菓子の写真にひとつずつ小さく名前が書かれている。

『夜の島』『半島で』『雨の町』……。どれも詩的で素敵ですね」

蒼子さんがため息をついた。

「それに、お菓子の色合いのイメージにぴったりです」

蛍さんが言った。

「これは、選べないですね。お菓子というより、世界を選ぶ感じで……。それに、どれを選んでも食べるのがもったいない」

直也さんが言った。

「そうでしょう？」

優さんが笑う。これまで見たことのないうつくしさに全員テンションがあがっている。みんな選べないと言って、結局端からひとつずつ取っていくことになった。

わたしのは「淡い記憶」というお菓子だった。上半分は透明で、下半分は白。その境界に黄色い小さな粒がたくさんはいっていて、花畑のようだった。上品な甘味で、淡い酸味がある。その酸味が記憶ということなのかな、と思った。

それぞれ味もちがうようで、みな思い思いの感想を口にしている。共通しているのは、とてもおいしかったということ。優さんもうれしそうだった。

裏の一句目は表の月から続いて秋で、蒼子さんの「廃園に狗尾草《えのころぐさ》の生い茂る」が付いた。

「このあたりからそろそろ恋ですね」

直也さんが言った。

「恋？　恋愛ということですか？」

優さんが不思議そうに訊く。

「ええ、そうです。俳句というと侘《わ》び寂《さ》びを連想する方も多いですが、俳諧では恋の句もひとつの山場だったんですよ。恋愛は人生の大きな山場ですからね。連句の恋は幅が広いんです。男女の恋愛だけじゃなく、母を恋うのも恋。それにむかしからの習慣で、女性が出てくれば恋の句とみなされます。祖母でも少女でも。俳諧は男性がするものだったんですね」

「なるほど。男が女のことを詠めばすなわち恋、ということですね。いまの世の中には合わない気もしますが、ここはむかしからの習慣にしたがいましょう」

優さんがうなずく。

「季節はしばらくなしでいいですよ。季語にとらわれずに恋の句を続けていきます。三句くらいはつなげたいところです」

「でも、打越でしたっけ、前の前の句とは離れなければならないんですよね。恋と恋でもいいんですか？」

「ええ、恋は特別なんです。でも、いろいろなタイプの恋を出さなければなりません。淡い初恋もあれば、大人の恋、老いらくの恋もある。自他場も重ならないように。それから、先ほど女が出れば恋、と言いましたが、夢や枕のような言葉も恋につながると考えられています」

「なるほど。ゲームのようですね。うーん、おもしろい」

優さんがうなった。航人さんが優さんに説明しているあいだに、いつものメンバーはもう短冊に向かっている。わたしもペンを取った。今日はまだ一句も取ってもらっていない。このあたりで付けないと、どんどん苦しくなる。

狗尾草が茂る廃園。古い庭園かもしれないし、使われなくなった公園ということも考えられる。そんなさびれた場所での恋愛ってどういうものがあるんだろう。幼いころの記憶？　幼馴染とのやりとりとか……？

「いい句がたくさん出てきましたねえ」

短冊を見ながら、航人さんが言った。

「どうでしょう、皆さん、いま書いているものがなければ、ここはこの句にしようと思いますが。『少女凜々しく口笛を吹く』。狗尾草の茂る廃園に少女がよく付いてますし、少女がさびしげではなく『凜々しく』というところが新鮮です」

「いいんじゃない？」

桂子さんがうなずく。

「これはどなたの句ですか？」

「わたしです」

蛍さんが手をあげた。

「蛍さんは今日はまだ一句も付いてないですね。じゃあ、こちらにしましょう」

航人さんが蒼子さんに短冊を渡す。

「よかったあ」

蛍さんがほっとしたような声を出す。優さん、航人さん、桂子さん、直也さん、悟さん、萌さん、蒼子さん、蛍さん。これでまだ一句も付いていないのは、陽一さんとわたしのふたりだけだ。うーん、ちょっと焦るなあ。

ホワイトボードを見つめ、次の句を考える。前の句が少女の句だから、相手の少年の句とか？　打越は場の句だから、ここは自の句でも他の句でもいいわけで……。

などと考えているうちに、優さんが航人さんの前にすっと短冊を出した。

「ああ、これもいいですね。優さんはもう発句を出してもらっているけど、この流れを活かしたいし、ここはこちらでいきましょう」

航人さんは即座に決めて、蒼子さんに短冊を渡した。

廃園に狗尾草の生い茂る　蒼子
　少女凜々しく口笛を吹く　蛍
水滴となりあの人の胸に棲む　優

「うわ、これはかっこいい」

ホワイトボードに句が書かれるなり、陽一さんが感嘆の声をあげた。

水滴となりあの人の胸に棲む……?

素敵だ。こんな表現はこれまであまり見たことがない。そう思うのと同時に、また高校時代の先輩の女生徒のことが頭をよぎった。これは、その女生徒のことなんだろうか。前の句の少女の姿と、見たことのない女生徒が重なった。

ああ、この句に付けてみたい。この前から読み続けている優さんやリルケの詩の言葉が頭のなかでぐるぐるまわる。打越が少女を詠んだ他の句だから、人を出すとしたら自か自他半の句。

陽一さんも短冊になにか書いているのが見える。

なにがいいんだろう、優さんの詩集の言葉?　それともリルケの詩?　でも、詩の言葉を安易に使いたくはない。もう一度、優さんの句を見る。そのとき、いつまでも読み終わらずにいる『マルテの手記』のことを思った。

あの本は一度読んだだけでは理解できない。人生のなかで何度か読み返すことになるだろう。理解できないままに、あの言葉たちが胸に残り、ずっとともにあるような気がした。

そうだ、『マルテの手記』だ。『マルテの手記』にしよう。そう思ったとたん、言葉がするっと頭に浮かんだ。

『マルテの手記』をそっとめくって

そう書いて、航人さんの前に置く。

「うん、なるほど。いいですね、こちらにしましょう」

航人さんがうなずいた。

廃園に狗尾草の生い茂る　蒼子
少女凜々しく口笛を吹く　蛍
水滴となりあの人の胸に棲む　優

『マルテの手記』をそっとめくって　一葉

「ああ、『マルテの手記』。読んだことがあるんですね？」

優さんがわたしを見る。

「いえ、タイトルは知っていたんですが、これまで読んだことがなくて。あずきブックスで優さんのお話を聞いてから、興味を持って図書館で借りてきたんです。優さんの詩集も借りました」

思い切ってそう答えた。

「ええっ、そうなんですか。ちょっと恥ずかしいなあ」

優さんが困ったような顔になる。

「実はわたしも優さんの詩集を借りて読みました」

「わたしも」

「僕もです」

蛍さんや萌さん、陽一さんも言った。

「え、ほんとに？　いやあ、照れくさい。でも関心を持ってくれたのはうれしいです。ありがとう」

優さんは真顔で答えた。

「それで、こういうのはちょっとヨコシマな読み方かもしれないんですけど、どうしても気になっていることがありまして……」

萌さんが迷いながら言った。まさかあのことを訊いてしまうのか。まだ会って二回目なのに、そんなことを訊いて、大丈夫なの？　どきどきして、いてもたってもいられなくなる。

「もしかして、初期の詩集に登場する彼女のことですか？」

優さんがにこっと笑う。

「あ……はい、そうです」

萌さんが申し訳なさそうに、ぎゅっと首をすくめた。

「あれね、よく訊かれるんですよ、あれは高校時代の彼女のことかって。まあ、若いころは言葉を濁したりしてましたが、そうです、あれはその彼女のこと」

優さんが笑った。

「彼女とは？」

あずきブックスでの話を知らない直也さんに訊かれ、優さんは高校時代の思い出を語った。

「それで、その彼女とは……。結局どうなったんですか？」

直也さんがずばっと訊く。

「まあ、初恋は実らないもの、という言葉通り、実らなかったんですよ。彼女が年下のわたしを弟のようにしか思っていないことはわかっていましたから。わたしも想いを告げられないまま、彼女は私立の女子大に進んだ。わたしはその一年後、大学のドイツ文学科に進学しました」

優さんがしずかに言った。

「でも一度、彼女と、とある学会で再会した。そこでわかったんですよ、彼女がドイツ文学の教授の娘だということが。わたしは大学院に進学したんですが、まわりは親が学者という人が多かった。それを見ながら、これが家柄というものなのか、と思ったんです」

「大学院にまで進学させるとなると、経済的なことだけじゃなくて、学問の世界への理解も必要ですからね」

直也さんが言った。

「うちの家系はもともと農家の地主ですから。裕福ではあったが、学者たちの世界には馴染めないんだな、と悟りました。彼女も結局、学者家系の研究者と結婚しましたし。思えば同人誌の仲間もたいていはそうしたインテリの家系で、わたしは大学院の途中でやめました。学んでいる言語のちがいもあるけれど、それ以前に家柄が大きかったんだなあ、と思いましたよ」

「なるほど、そういうこともあるかもしれませんね」

「まあ、そうした連中の方は案外なにも考えていなかったりするから、そこで腐らなければよかっただけなのかもしれませんけど。その後は家からの援助も断って、古本屋の店番をしたりして、ぎりぎりの生活をしてたんですよ。もちろん詩も書かなくなった」

「それで一時期、詩集が出なくなっていたんですね」

　陽一さんが言った。

「ええ。でもあるとき店で同人誌時代の仲間と再会しましてね。彼はもう詩は書かなくなったけれど、ちゃんと大学の常勤になっていて、わたしに非常勤講師の口を世話してくれたんですよ。美大の語学教師でした。そこで染織を教えているいまの妻と知り合って、また少しずつ詩を書くようになったんです」

「それは、奥様との暮らしで気持ちが落ち着いた、ということなんでしょうか」

　直也さんが訊く。

「それが大きいと思います。妻のおかげで、いろいろなことが見えるようになった。久しぶりに実家に帰って、家の歴史の話を聞いたりしましてね。この家にも複雑な歴史があったんだということも知りました。自分はなにもわかってなかった。なんと愚かだったのか、と恥ずかしくなりました。それで、自分の親にも伝わるような詩を書こうと思った。若いころの自分だったら、堕落だ、と言うでしょうが」

優さんが笑った。

「じゃあ、さっきの句の『あの人』は……？」

蛍さんが訊いた。

「それは、句の世界ですから」

優さんが謎めいた笑みを浮かべる。

「だれでもないし、だれでもあります」

そう言って、笑った。だれでもないし、だれでもある。不思議な言葉だが、そういうこともあるのかもしれないな、と思った。

6

裏の月、花を終えて、名残の表へ。ふたたびいくつか恋の句が続いたあと、優さんの「中央線の駅名たどる夢の中」という句が付いた。

優さんはむかし、中野駅の近くの安い下宿に住んでいたらしい。玄関で靴を脱ぎ、台所も風呂もトイレも共同の古い建物である。

それで、中央線にはよく乗っていた。席に座るとうたたねすることもよくあって、いつのまにか自分の乗っている電車がかつて旅したドイツの鉄道の線路につながり、ドイツの深い森を走っている夢を見たりした、と優さんは言った。

ドイツの鉄道。ドイツの森。行ったことは一度もないが、なぜか頭のなかに列車の音が響いて、風景が広がっていく。

ふと「グリム童話のお菓子の家へ」という句が浮かび、短冊に書きつけた。

「一葉さん、できましたか？」

航人さんの声が聞こえ、うなずいて短冊を出した。

「これも素敵な句ですね。駅名の句との付け合いもいい」

わたしの短冊を見て、航人さんはそう言った。

「でも、こちらの直也さんの句もいいですね。『ワインの蔵の甘やかな闇』。中央線は甲斐国《かいのくに》につながっている。甲斐といえばワイナリーですから。うーん、どちらにしましょうか」

航人さんが悩んでいる。

「どちらも魅力的ですねえ」

優さんが言った。

「あ、でも、少し前に『電話』が出てくる句がありますよ。一葉さんの句と『話』の字が被ってしまいますけど、大丈夫ですか？」

萌さんが言った。見るとたしかに、五句前の悟さんの句に電話が出てくる。

「ほんとだ。五句前か。うーん」

航人さんがうなる。

「そうですね。ここは引っこめます」

少し惜しい気持ちはあったが、そう言った。五句離れているとはいえ、戻ってしまう感じになるのは避けたいと思った。

「じゃあ、ここは直也さんのワインの句にしましょう。でも、一葉さんのこの句も惜しいですね。付け合いもいいし」

航人さんが微笑む。

「ほんと、連句というのはおもしろいものですね。今回は前との障《さわ》りでワインの句が選ばれたけれど、もし『グリム童話』の句の方が選ばれたら、この先の展開がまるでちがうものになるわけでしょう？　正解のない分岐の連続なんですね」

優さんが航人さんに訊く。

「そこでどちらに進むか決めるのが捌きの役割なんですよ。たとえ一句も付けなかったとしても、その一巻の向かう方向を決めるのは捌き。同じ連衆が集まって、同じ発句からはじめたとしても、捌きによってまったくちがう一巻になる。連句はある意味、捌きの作品なんですよ」

航人さんが言った。

「同じ捌きでも、別の日に巻けばまたちがう作品になるかもしれないわけですね。おもしろいなあ。文学というのは、個人の魂が強く屹立《きつりつ》することによって成立するものと思っていましたが、こういう文学もあるんですね。そのとき出会ったものによって、あっちに行ったり、こっちに行ったり。まったく同じ、もとの場所には戻れない。ある意味、人生そのものですね」

優さんの言葉に、その通りだなあ、と思う。そして、ひとつひとつの分岐を決めるのは、人との出会いなのだ。ほかの人の想いを知ることで、わたしたちは少しずつ変わっていく。

連句が楽しいのは、そのせいなのかもしれない、と思う。

「なんだか、いまの話を聞いていて、ますます捌きをやってみたくなりました」

萌さんが言った。少し前から、萌さんが捌きに対する意欲を燃やしていたのを思い出した。

「でも、むずかしいんだな、とも思いました。結局、捌きが句にこめられた想いをどれだけ読み取れるかで、一巻の広さと深さが決まってしまうんですよね。捌きの目の高さが質を決める」

「でも、捌きになると句をしっかり読むようになる。それで成長するんですよ。人の句を読むことで目が開かれる。だから、皆さんも捌いた方がいいと思います。次あたり、萌さん、捌いてみますか？」

航人さんが言った。

「えええっ、それは……。次は、まだちょっと早いです」

「そんなことはないですよ。もう式目もだいぶ頭にはいっているでしょう？　次じゃなくても、近いうちに」

航人さんがそう言って萌さんを見た。

「わかりました。じゃあ、そのつもりで予習しておきます」

萌さんはきりっとした顔でそう答えた。

「いいんじゃない？　捌きをしてはじめてわかることもたくさんあるわよぉ」

桂子さんが笑う。わたしもいつか捌くことができるようになるだろうか。いまはまだずいぶん先のように思えるけれど、少しずつ変わっていきたい、と思った。

句の心

1

少女マンガイベントが終わり、「あずきブックス」の仕事も平常通りになった。

でも、いまでもときどきカフェスペースを見ると、イベントの夜の記憶がよみがえり、あのときは楽しかったなあ、と思う。

イベントを見に来た母から、人前での態度もしっかりしてたし、お店のために役立つことができるようになった、成長したわね、と褒められた。そんなふうに見えていたのか、と少し驚いたが、その言葉がとてもうれしかった。

イベントまでは自分に司会がつとまるのか、ということばかり気にしていたけれど、終わってみれば、自分がうまくできたかよりイベントが盛況だったことがうれしくて、企画に携われてよかった、としみじみ思った。

泰子さんも真紘さんも萌さんも、またやりたいね、と言っている。あずきブックスは地道にがんばっているお店だけど、ときどきはそういうお祭りがあってもいいんじゃないか、とわたしも思う。

よく「ハレとケ」という言葉を聞くけれど、ハレとはああいうことをいうのだろう。自分はそういうにぎやかな場とは無縁で、しずかにおだやかに生きていくタイプだと思っていたが、やっぱりお祭りは楽しい。

子どものころ、お祭りの日はわくわくした。お祭りの最中から終わってしまったときのことを考えてさびしい気持ちになったりするタイプではあったけれど、夜店のあかりはきれいだと思ったし、綿菓子やお面はほしくなった。

不思議なことだ。陽の光のもとで見れば子どもだましなのに、お祭りでは魅力的に見える。ふだん眠っているなにかが目を覚まして、ほしい、ほしいと騒ぎ出す。父も母も、いつもならダメと言うのに、お祭りの日ぐらい、と甘くなる。

以前はそういうのは節度のないことで、律するべきだと思っていたけれど、最近はそういうにぎわいもまた生きているということなんだ、と感じるようになった。それも、「ひとつばたご」に行くようになったからかもしれない。

連句というのも遊びであって、一種のハレである。派手な飾りも踊りもないけれど、連句の場では言葉の園でみんなの心が遊んでいる。その遊びがあるから心は豊かになり、そこから生まれるものもたくさんある。

人が人として生きていくためには、お祭りも必要なんだなあ、と思った。

六月の連句会は、桂子さんと直也さんがお休みだと聞いていた。直也さんは家族の学校行事で、桂子さんは夫婦で北欧旅行に行くのだと言う。

直也さんはこれまでも家や仕事の都合でお休みすることがあったけれど、わたしがひとつばたごに来るようになってから、桂子さんは必ずいた。桂子さんがあのふくよかな声で「いいんじゃないのぉ」と言えば、なんでも許される気がしたし、航人さんも自分より年配の桂子さんがいることで、安心しているように見えた。

だから、桂子さんがいないと聞いて少し心細くなったが、長年貯めてきたお金でノルウェーに行くのよぉ、海外旅行なんてこれが最後かもしれないしねぇ、という桂子さんの声を思い出すと、思い切り楽しんできてほしい、と思い直した。

それで次回はいつもより人数少なめだと思っていたが、六月にはいってすぐに蒼子さんから連絡があり、はじめてのお客さまがたくさん参加することになった、と言われた。

まずは久子さんとその教え子たちだ。久子さんが大学の教え子を三人連れてくるのだと言う。教え子と言っても、もうみんな卒業していて社会人。つまり、蛍さんの先輩である。卒業後も創作を続けている人たちらしい。

それから、久子さんのむかしからの知り合いで、高校の先生をしながら短歌を作っている男性だ。さらに蒼子さんの知人で、少女マンガイベントを聴きにきた女性編集者。

いつもの航人さん、蒼子さん、悟さん、鈴代さん、陽一さん、萌さん、蛍さん、わたしと合わせ、久子さんと教え子三人、歌人の方と編集者さんで十四人。さらに蛍さんから、海月さんも最後の方に来るかもしれない、という連絡が来た。

総勢十五人。少なめどころか、これまでにない大人数だ。お菓子もその数そろえなければならない。六月のお菓子は昨年と同じ「喜久月《きくづき》」の「あを梅」。もしかしたらさらに人が増えるかもしれないと思い、少し多めに買って備えることにした。

2

連句会の日がやってきた。今日の会場は、西馬込の駅からすぐのライフコミュニティ西馬込の会議室だ。

地下鉄の駅を出て、国道を渡る。家を出たときはけっこう雨が降っていたのだが、すっかりあがっていた。でもまだ路面は濡れているから、雨がやんでまだそんなに時間は経っていないのだろうと思う。

虹の模様が描かれた建物にはいり、二階にあがる。奥の会議室のドアを開けると、いつになく人がたくさんいて、陽一さんと蛍さん、久子さんの教え子と思しき若い女性たちが楽しそうに机を移動している。

「一葉さん、こんにちは。こちら、わたしの先輩たちです」

蛍さんが言うと、ふたりが手をとめて、お辞儀した。ひとりはおかっぱにセルフレームの眼鏡をかけていて、活発そうな雰囲気。もうひとりはショートカットで、つぶらな瞳が印象的だった。

奥の方では航人さんと蒼子さん、久子さんともうひとり知らない女性があいさつを交わしている。歌人は男性という話だから、あの人はきっと蒼子さんの知り合いの編集者さんの方だろう。

「もうひとりの先輩は用事があるみたいで、少し遅れてくるそうです。鈴代さんと萌さんはいまお茶を淹れに給湯室に行ってます」

机はすでにロの字にならべかえられ、こちらはもう手伝うこともなさそうだ。それで、隅の机に荷物を置き、給湯室の方を手伝いに行くことにした。

「すみません、手伝います」

となりにある給湯室に顔を出し、お湯を沸かしている鈴代さんに声をかけた。

「あ、一葉さん。今日はすごいよねぇ。若者がいっぱいで、どきどきするぅ」

鈴代さんがふふふっと笑う。

「皆さん、初体験なんですよねえ。なんだか緊張しますね」

萌さんは笑いながら急須に茶葉を入れた。

「そうですね、わたしは最初のときはお菓子を届けにくるだけのつもりでしたから、右も左もわからず……。なにがなんだかわからないまま句を作った気が……」

わたしも笑った。

「でも、蛍さんも一葉さんももう『先輩』ってことだよね」

鈴代さんが言った。

「えぇっ」

わたしは驚いて声をあげた。

「そうだよぉ。後輩も増えてきたし、いつまでも初心者って言ってられないよ」

「初心者じゃないとすると、なんなんでしょう？」

「初級者、じゃない？　スキーとかだとそうだよね」

鈴代さんが萌さんに訊く。

「わたしはスキーはしないのでわからないですけど、ほかのスポーツでも初心者の次は初級者……かな。陽一さんやわたしは初級なんでしょうか。鈴代さんは中級？」

萌さんが言った。

「わたしもまだ初級だよぉ。桂子さん、蒼子さんは上級だよね。直也さんと悟さんが中級くらい？」

うらむ、と鈴代さんが腕組みをした。

「試験があるわけじゃ、ないですからねぇ」

「でも、捌きやったことがあるかどうかは大きいんじゃない？」

鈴代さんが言った。

「なるほど。直也さんも悟さんも捌きやったことあるって言ってましたもんね。初級から中級にあがるには、捌きができるようにならないといけない、ってことか」

萌さんがふむふむという顔になる。

「桂子さんや蒼子さんはひとりで捌けるけど、直也さんと悟さんはまだひとりで捌くのは不安、って言ってた。ということは、ひとりで捌けるのが上級で、上級者の付き添いありなら捌けるのが中級ってことなんじゃない？　連句会によってもちがうと思うけど」

鈴代さんがまとめた。

「そういえばこの前、航人さんが萌さんに、今度捌いてみますか、っておっしゃってましたよね」

思い出してそう言った。

「うーん、まだ自信があるわけじゃないんですけど……。でも、やってみたい気はあるんですよ。捌けるようになったら、ほかのところでも連句ができるし」

「萌さん、子ども向けの講座で巻いてみたいって言ってたよね」

「そうなんです。自分の子どもが小学生のあいだしかできないことでもあるし……。いまできることはなんでもやってみたい、という気持ちもあって……」

「わたしはまだ捌く側には行けないかなぁ。まとめ役みたいなのはもともと苦手で、会社ではやらなくちゃいけないからむりくりやってるけど、連句の場では純粋に連衆として楽しみたいなって思うし。でも、萌さんはいいと思う。応援するよ。どんどん行け！」

鈴代さんが両手をグーにして、上下にぶんぶん振った。


お湯を入れたポットと急須と湯吞みを持って、会議室に戻った。歌人の男性も到着したようで、もうみんな席についている。遅刻の人がひとりいるみたいだが、すでにわたしたち以外は着席していて、なかなかの迫力だ。

お茶が全員に行き渡ったところで、航人さんの説明がはじまる。歌人の男性は連句経験者だが、ほかのあたらしい人たちはまったくの初心者らしく、航人さんは連句の基本的なルールを説明している。

連句では世界を大きく「人情《にんじょう》あり」と「人情なし」のふたつに分ける。「人情なし」とは人の出てこない句で「場」と呼ばれる。人が出てくる方はさらに三つに分かれ、自分のことを詠んだものは「自」、他人を詠んだものは「他」、自分と他人両方出てくるのは「自他半」と呼ばれる。

連句は次々にあたらしい場所に進むのをよしとして、前の句には付くが、前の前の句とは離れる。前の前の句のことを「打越」と呼び、打越と自他場が重ならないようにしなければならない、などなど。

そして、最初の表六句は、派手な語は使わずお行儀よく進める、ということ。はじめての人たちはじっと航人さんの話を聞き、手元でメモを取っている。

「では、まずは発句を作りましょう。いまは夏ですから、夏の季語を入れた五七五です。皆さんの前に置いてある短冊は自由に使ってもらってけっこうです。そこに句を書いて、できたら僕のところに出してくださいね」

航人さんの言葉に、みんな一枚ずつ短冊を取った。はじめての人たちもそれぞれに歳時記をめくったりしながら、短冊に向かっている。自分もがんばらないと、と妙に緊張する。

いつのまにか航人さんの前にはいくつも短冊がならんでいた。

「うんうん、いいですね、夏らしい、いい句が出てきました」

航人さんが短冊を一枚ずつながめる。

「連句にはいくつかルールがあって、一句としていいかというだけでなく、その場に合っているかが判断の基準になるんですね。発句は挨拶句ですから、『いまのこの場』か『ここに来る道中』の句が望ましいのです。それから、あまり狭い句より、広さがある句がいい。そういう意味で言うと……」

たくさんある短冊のなかからいくつかを選り出した。

「『歳時記を忘れ電車を降りる、夏』、『クーラーの位置を確かめ座る席』も工夫のある句で、発句以外の場所ならいいんですが、発句としてはちょっと狭いんですね。『白シャツにかがやく黒のランドセル』、『信号を待つ間のひかり夏なかば』あたりが挨拶句としての広がりもあり、おもしろみもありますね。『夏の雨空港行きの車窓かな』もいい。ここに来るとき、羽田空港行きの電車に乗ったんですね」

西馬込は都営浅草線の終点で、ここに来るには西馬込駅行きに乗らなければならない。だが、羽田空港行きや三崎口行きで途中まで来て、泉岳寺《せんがくじ》で乗り換えることも多いのだ。

「一巻のはじまりとしては、信号待ちの光の句が先が開けていく感じでいいですね。こちらにしましょう。こちらはどなたの句ですか」

航人さんが訊くと、わたしです、と久子さんが手をあげて答えた。

「じゃあ、久子さん、と」

航人さんはそう言って短冊の下に名前を書き足し、蒼子さんに渡す。蒼子さんがホワイトボードに句を書くと、みんな自分のノートに書き写した。

「さて、次は脇です。先ほども説明したように、発句に答える形でできるだけ寄り添って付けていきます。発句と脇でひとつの世界になるように、同じ季節、同じ場所の句の七七です。そして、体言止めが良いとされています」

何度も聞いた説明である。発句と脇は、ぴったり寄り添っているのが良いと言われる。同じ場所にいる別の人の視点にしたり、別のものを見たり。でも、寄り添っていながらおもしろみのある句を作るのはなかなかむずかしい。

もう一度発句をながめ、句を考えはじめる。信号待ち。きっと駅からこの建物に渡る国道のことだろう。真っ直ぐに続く広い道。道路の両側には建物がならんで……。風景をまとめようとするが、なかなか七七にならない。

考えているうちに、またしても航人さんの前に短冊がならびはじめた。

「うんうん、いいですね、おもしろい句が出はじめましたよ。『アイスこぼれて白線の上』。おもしろいんだけど、表六句はまだあまり、こぼれたり壊したりしない方がいいかなあ。こういうおもしろさは裏にはいってから」

航人さんが笑った。

「ここは『坂道あがる濡れた白靴』にしましょう。午前中は雨が降ってましたからね。『白靴』が夏の季語です。白シャツ、白靴、白衣……。白い服はたいてい夏なんですね。こちらはどなたの句ですか」

「わたしです。ありがとうございます」

蒼子さんが手をあげながら立ちあがり、ホワイトボードに向かった。

「さて、発句・脇のひとつの世界が終わり、次の第三はあらたに仕切り直すような形で付けると良いとされています。これまでの二句とは思い切って遠く離れるくらいが良い。そして、ここはもう夏を離れ、季節のない句、雑にします。連句ではいろいろな季節をめぐっていくのですが、季節を移るときには、あいだに季節のない句をはさむのです」

「今度は五七五ですよね」

編集者さんが訊く。

「そうです。五七五。それから、『〜して』や『にて』などで終わって、続く感じにするのが良いとされています」

続く感じ……。そうだった。季節のない句。発句・脇が屋外だから、今度は屋内がいいかな。白靴の人が家に帰ったあととか？　いや、もっと離れていた方がいいんだっけ。それで、まだ表六句だから、あまり崩さない方がいい……。

またしても短冊がどんどん出ている。人数が多いからだろうか、今日はいつもより句が出るのが早い気がした。

『みつあみの小学生を追いかけて』。これは『坂道あがる』にちょっと付きすぎかな。『空き地には補助輪だけが残されて』もおもしろい。でも、補助輪は少し信号と被りますね。発句に戻らない方がいいですから……。そうですね、ここは『パイプ椅子体育館に積まれいて』がいいですね。こちらはどなたですか」

航人さんの言葉に、萌さんが手をあげる。

どんどん句が付いていく。あたらしい人たちも毎回短冊を出しているし、どうしよう。さっきの鈴代さんたちとの会話では、わたしももう初心者じゃなくて初級者、という話だったのに、全然句を出せない。なんだか気ばかり焦ってしまう。

「次の四句目は、少し力を抜いていいところです。発句、脇、第三とそれぞれ別の意味で緊張感のある句が続いてきたので、ここは軽い句が良い、と言われています。でも、ただ軽いだけじゃない、軽くて、良い句です」

軽くて、良い句。いつも言われることだけど、これがいまだによくわからない。でも、祖母はこの四句目がうまいと言われていたみたいで、わたしも四句目はなぜか取ってもらえることが多い。

短冊を一枚取り、ペンを握る。体育館。パイプ椅子。これから行事がおこなわれるか、終わったあとか……。でも卒業式や入学式みたいな学校行事にはたいてい季節があるし、体育館に学校行事では付きすぎな気もする。

航人さんの笑う声が聞こえ、はっと顔をあげた。

「これはおもしろい。『長い話に眠る教頭』」

航人さんが句を読むと、みんな声を出して笑った。

「でも、おもしろすぎますね。表六句でここまでいくのは弾けすぎです。ここはもう少しおとなしく……。これにしましょうか。『ボール投げても取れぬ父ちゃん』」

「それくらいならいいんじゃないですか」

久子さんが言った。いつもなら桂子さんが高らかに笑って「いいんじゃないのぉ」と言うところで、あの声がないとやっぱり少しさびしいなあ、と思う。

「じゃあ、こちらにしましょう。この句はどなたですか」

「はい、僕です」

陽一さんが手をあげた。

次は月の句である。季語の世界では「月」といえば秋。だから連句でもただ月といえばそれは秋の句になる。さっき鈴代さんたちと捌きの話をしたせいか、今日は式目のことが妙に気になる。

斜め前に座った萌さんの方を見る。一句付いたからだろうか、短冊には向かわず、ノートを見ながらあちこちにメモをしている。式目を整理しているのかもしれない。捌きをやってみたい、と本気で考えているからだろう。

句を思いつかずにいるうちに、航人さんの前にはまたずらりと短冊がならんだ。ダメだダメだ、わたしは捌きより前に、自分の句を作らないと。

「『活版の栞《しおり》をはさむ白い月』は新味があっていいですね。でも、ここでは取れない。脇に『白靴』がありますからね。『見上げれば水色の空　月の白』も『白』がはいっているから取れません」

航人さんの言葉に、編集者さんが、あ、そうか、しまったと声を出す。

「連句は森羅《しんら》万象《ばんしょう》を詠むと言われていて、多くのものを取り入れることをよしとします。だから、似たものはできるかぎり取らない。とくにここはまだ脇と近いですからね」

「なるほど、そういうことなんですね」

編集者さんがうなずいた。

結局、歌人の男性の「月あかりパントマイムはもう終わり」が選ばれた。そこまでの昼の風景が、夜の少し妖しい風景にがらっと変わる。これまでにないイメージの強さに驚いた。

歌人は啓《けい》さんと言って、歌集だけでなく短歌の入門書も出版しているらしい。久子さんとむかし同じ結社にいたことがあり、航人さんと連句を巻いたこともあると言っていた。

ここから秋がはじまり、続く六句目は、蛍さんの「かばんの奥にくるみひとつぶ」に決まった。

3

表六句が終わり、裏にはいったところでお菓子を出す。ほかにも何人かお菓子を持ってきてくれた人がいて、机の上がおいしそうなお菓子でいっぱいになる。

「このところイレギュラーなおやつが続いて、それも楽しかったけど、治子さんのいつものお菓子はやっぱりいいわよね。ほっとする」

あを梅を食べながら、蒼子さんが言った。

「ほんとですよね、この独特の味噌餡がたまらないです」

萌さんがうなずく。

お菓子を食べながら、自己紹介もした。蒼子さんの知り合いの編集者さんは雅美《まさみ》さん。柚子さんのファンでもあり、その縁で蒼子さんに誘われてこの前のあずきブックスのイベントにやってきたのだ。

久子さんの教え子のうち、メガネをかけている人はサンズイさんで、ショートカットの人は白猫《しろねこ》さん。もちろんふたりとも筆名である。ふたりは久子さんの短歌の授業も受けていたが、小説創作のゼミに所属していて、卒論は小説だったらしい。

「小説が卒論？」

鈴代さんが目を丸くする。

「そうなんです、うちの大学はそういうゼミがあるんです」

サンズイさんがはきはきと答える。さっき机をならべていたときも要領がよく、頭の回転が速そうな人だと思った。

「じゃあ、ふたりとも長い作品を書いたことがあるんですね」

悟さんが訊く。

「はい、でもわたしの作品はどちらかというとエンタメ寄りで……。人が魚になる、ような、ならないような」

サンズイさんが照れ笑いする。

「人が魚に……？　おもしろそう〜」

鈴代さんがきらきらした声で言った。

「わたしもです。読むのはいろいろですが、卒論は怪異現象と戦闘シーンのあるファンタジーでした」

白猫さんがしずかに言った。小柄でかわいい雰囲気だが、目には強い光が宿っている。意志が強い人なんだろうな、と思う。

「うーん、それはまた本格的なエンタメですね」

陽一さんがうなる。

「先輩たちはすごいんですよ、どれもわたしには真似できないような空想世界の話で、めちゃくちゃかっこいいんです」

蛍さんが言った。

「さて、そろそろ句を作りましょうか。裏にはいりましたし、あと一句秋の句で、それから恋にはいっていきますよ」

航人さんが笑う。今度こそ句を付けないと。連句は勝ち負けじゃないとわかっているけれど、付けられないままでは初級者として格好がつかない。

打越、つまり前の前はパントマイムで自の句だから、ここは自の句以外じゃないといけない。前の句は「かばんの奥にくるみひとつぶ」。

くるみという言葉で、子どものころ祖父母といっしょにくるみを食べたときの記憶がよみがえってくる。祖父がくるみ割り器を使って、次々にくるみを割ってくれた。わたしも割ってみたかったけれど、力が足りずにうまくできなかった。

くるみ割り器を握る祖父のごつごつした手が頭をよぎる。祖父母の家には小さな庭があって、祖父はよく庭木の手入れをしていた。鳥のことにもくわしくて、庭で鳴いているとあれはなんの鳥だよって教えてくれたっけ。

鳥……。歳時記をめくり、秋の鳥を探す。むくどり。そうだ、むくどりはよく庭にも来ていた。祖父が手入れした柿を食べてしまうことも多かったが、祖父は木の実はみんなのものだから、と笑っていた。

物干しのむくどりを見る祖父の背

最後の背は「せ」でも「せなか」でも音が合わないから、「せな」とふりがなを振って短冊を出す。


「ああ、すごくいい句ですね。『物干しのむくどりを見る祖父の背』」

航人さんがそう言ったとき、白猫さんが出そうとした短冊を引っこめた。

「あれ、白猫さん、句が書けたんじゃないんですか」

久子さんが言う。

「書けた……んですけど、もう決まってしまったみたいですから……」

にこにこ笑いながら短冊をぎゅっと握った。

「いえいえ、大丈夫ですよ、どうぞ、出してください」

航人さんが微笑んで手を差し出す。白猫さんは遠慮がちに短冊を手渡した。

「ああ、これもいい句ですねえ。『先生にこれをあげると蛍草《ほたるぐさ》』」

航人さんが目を細める。

「うわあ、いいですねえ、なんだかきゅんときます」

悟さんが言った。

「ちょっと恋の予感もしますね」

啓さんも微笑む。

「蛍草もむくどりもいい。裏一句目からの恋は早いかもしれないけど、これくらいの雰囲気なら許される気もする……」

航人さんが考えこむ。

「航人さん、さっき、秋はあと一句っておっしゃってましたけど、秋は五句まで続けていいんですよね。つまり、あと二句秋を続けられるってことですよね」

萌さんが言った。

「そうですよ。さすが萌さん。着実に式目をマスターしてきましたね」

航人さんがにっこり笑う。

「そしたら、どちらかの句を七七にして、つなげてもいいんじゃないですか？」

萌さんの言葉に、たしかにその通りだ、と思う。

「なるほど。この二句ならつながっていてもよさそうです。ただ、蛍草の句には恋の匂いがありますからね。一度恋をはじめたら続けていきたい」

航人さんに言われ、そうか、と思う。恋は三句でも五句でも続けて良いけれど、一度恋を離れたら、すぐには恋に戻れない。だから、蛍草で恋を出して、祖父の句をつけてしまうと、そこで恋が途切れてしまうことになる。

「ということは、先にむくどりで、次に蛍草という順番にするということですか。でも、蛍草の句を七七に変えるのは、ちょっとむずかしそうですねえ」

啓さんが言った。たしかにその通りだ。蛍草の句はこの形だからいいのだ。でも、わたしのむくどりの句の方は、ちょっと考えれば七七になりそうだ。

「そうしたら、わたしの句の方を七七にしてみます。それで、祖父を祖母に変えれば、恋が続くことになりませんか？」

そう提案してみた。

「なるほど、たしかに、女性が出てくれば恋と言えますからね」

「ええっ、祖母でもですか？」

雅美さんが声をあげた。

「そうなんですって。不思議ですよねえ。むかしは連句を巻くのは男性ばかりだったから、母でも祖母でも女が出てくれば恋って言われていたみたいで。だから、表六句には女性は出せないんです。母でも祖母でも少女でも」

蒼子さんが雅美さんに説明する。

「連歌のころは恋句には定められた言葉があって、それを使っていれば恋という、形式的なものだったんですね。芭蕉《ばしょう》さんたちが、恋の情があればその句を使わずとも恋、逆に、使われていても恋の情がなければ恋句とみなさない、という革命を起こして……。その思想に鑑みれば、そこに恋の情がなければ母や祖母が出てきても恋とみなさない、ということもできるんですけどね。でも、恋の情のあるなしを決めるのはなかなかむずかしい」

「そういうものなんですね」

雅美さんが大きくうなずき、ノートにメモを取っている。

「でも、祖父を祖母に変えてもいいんですか？」

蒼子さんが訊いてきた。

「はい、かまいません。祖父と書きましたけど、祖母にもつながる思い出なので」

そう言って短冊を見直す。七七にするなら、少し要素を省かなければならない。物干しはなくていいかな。とすると、上の七七は「むくどりを見る」？　見あげる感じは出したいから、「むくどり仰ぐ」にしようか。下の七七は……？

「上の七七は『むくどり仰ぐ』にしようと思うんですけど、下が……。『祖母の背中』だと六字しかないので、四音のなにかを入れないといけないですよね」

「そうですねえ。四音かあ、なにかあるかな」

悟さんが首をひねる。

「『横顔』はどうですか？」

啓さんが言った。

「あ、いいと思います。では『むくどり仰ぐ祖母の横顔』でお願いします」

わたしは短冊をそう書き換え、航人さんの前に置いた。

「うん。いいですね。じゃあ、ここは『先生にこれをあげると蛍草』『むくどり仰ぐ祖母の横顔』としましょう」

「ありがとうございます」

航人さんの言葉に、白猫さんがはずかしそうに微笑んだ。

これで一句付いた。初級者としての責務を果たしたような気持ちになり、ほっと椅子にもたれる。目の前にならんだお菓子からきれいな包みの洋菓子をひとつ、口に入れた。チョコの甘みが口のなかに広がる。

「せっかくですから、まだもう少し恋を続けていきたいですね」

航人さんが言った。

「蛍草は『先生』と『わたし』がいるから、自他半ですよね。ということは、次は自他半以外ってことですね」

萌さんが訊いた。萌さん、本気だなあ、と思う。

「そうです。その通り」

航人さんがうなずいて微笑んだ。

次は蒼子さんの「やわらかな本棚を持つ君だった」という不思議な句が取られ、次はまた白猫さんの「しおり代わりのよれた恋文」が付いた。

白猫さん、なかなかの実力者だ。そんなにたくさん短冊を出しているわけじゃないのに、着実に選ばれている。

「次は萌さんからすごい句がふたつ出ましたよ」

航人さんがそう言って、短冊を真ん中に置いた。

いつまでも「取り巻き1」の意気地なし
念のため消せるインクで書く呪い

「うわあ、これは萌さんっぽい」

「すごい切れ味ですねえ」

悟さんと啓さんが口々に言う。萌さんの句は、育児にまつわるほのぼのしたものもあるが、少し苦味や毒があるものも多くて、むしろそちらの方が本来の持ち味とも言える。こういう複雑な感情を句の形にできるのはすごい、といつも思う。

「『取り巻き1』もおもしろいけど、ここは『消せるインク』で攻めましょうか」

航人さんが笑いながら短冊を蒼子さんに渡すと、すかさず悟さんと鈴代さんが航人さんの前に短冊を置いた。

「これもおもしろい。『震度5までは気づかずにいる』と『長く生きればやりなおし利く』。悟さんの『震度5』もいいけど、ここは鈴代さんの『長く生きれば』の方にします」

「でも、ほんとにやり直しって利くんですかねぇ」

久子さんがぼそっとつぶやく。

「年取ってくるとなんでもかんでもどんどん忘れていって、やり直したいってことすらなんだったっけ、って……」

久子さんの言葉にみんな笑った。

次は月。ここは冬の月である。月といえば秋。冬の月にするためには「冬の月」と言うか、「寒月」「凍月」などの冬の月の季語を使うか、冬の季語と合わせて使う、という方法がある。

ここでは、サンズイさんの「霜柱月に照らされよく育つ」が選ばれた。霜柱という冬の季語を使って、冬の句に仕立てている。最初は「月の光でよく育つ」だったのだが、発句に「ひかり」があるので光を避け、別の言葉に置き換えた。

もう一句冬を続けてもよし、季節なしにしてもよし。航人さんがそう説明しているとき、久子さんの三人目の教え子がやってきた。髪が長くすらっとした人で、この春卒業したばかり。筆名は「一二三」と書いて「ひふみ」さんと読むらしい。

航人さんが一二三さんにここまでの流れと連句の基本を説明しているあいだに、みんなの句が航人さんの前にずらりとならぶ。「燗《かん》の匂いにもう酔っている」「煮込み大根出汁がしみてる」「冬の帽子を編みあげました」などなどの句のなかから、悟さんの「蜜柑《みかん》の山を崩す三毛猫」が選ばれた。

一二三さんもさっそく短冊を手に取り、次の五七五を考えはじめている。前の句をじっと見て、さらっと短冊に句を書き、前に出す。「大人には見えぬ砂場のテリトリー」というこれまでにない雰囲気の句だ。三毛猫の句とも絶妙な付け合いだと言って、航人さんは即座にこの句を取った。

次に付いたのは雅美さんの「ジャングルジムで会った幽霊」。さびしいような、なつかしいような、不思議な雰囲気の句である。

次はいよいよ花。みんなしんとして短冊に向き合う。

砂場、ジャングルジムと続いているから、もう公園からは離れた方がいいだろう。幽霊から連想するか。でもあまり幽霊に付きすぎてもいけないだろう。ぱっと離れた方が、幽霊が際立つかもしれない。

いくつか考えたなかで、「橋のうえ君を見送る花朧《はなおぼろ》」という句を出した。花の座だけあって、航人さんも時間をかけて待っている。

短冊がだいぶ増えたところで、じゃあそろそろこのあたりで選びましょうか、と航人さんがあたりを見まわす。書いている途中の人があわてて短冊を出す。航人さんが出そろった短冊を一枚一枚ながめていく。

「たくさん出ましたが、今回はこのふたつのどちらかにしようと思います。『花開く音を聞かんと不寝番《ねずのばん》』『花の咲く町に戻って暮らしたい』」

ややあって、航人さんが言った。

「どちらもいい句ですねえ」

啓さんが深くうなずく。

「『花開く音』の方は、小さな世界ですね。聞こえないほどかすかな音を聞こうとする繊細さ。これは一二三さんですね。新鮮な句です」

「ありがとうございます」

一二三さんがお辞儀をする。

「それに対して、花の咲く町の方は広がりがあります。陽一さんの句ですね。『町に戻って暮らしたい』というのは、戻りたいけれど戻れない事情があるということでしょう。個人的な事情というより、もっと大きなものを感じます。たとえば震災で帰還困難区域になってしまった土地であるとか……」

「はい、そこまで限定したくはなかったんですが、念頭にはありました。僕自身、帰還困難区域の近くに住んでいたこともありましたので……」

陽一さんの答えにはっとした。そういえば陽一さんは以前はよく引っ越しをしていて、三・一一の被災地の近くに住んでいたこともある、と言っていた。

「帰還困難区域のなかにも桜の木はあって、春になると咲くんです。だれも近づけないけれど、遠くで桜が満開になっているのがわかる。悲しいけれど、とてもうつくしい風景だとも思っていて……」

陽一さんはそこで言葉を切った。

「そうですね。町のなかの桜は人が植えたものですから。人の暮らしとともにあって、毎年人に春を知らせてきた。でも、だれもいない土地では桜を愛でる人はいない。さびしくもありますが、その役目から解放された、とも言える」

航人さんが言った。人から愛でられることから解放される。桜に心があったとしたら、どういう気持ちなのだろう、と思う。

「僕はもうそこから離れてだいぶ経ちますが、いまでも思い出すんですよ。人がはいれなくなった土地にも春は来て、草が生えて、花が咲いて、木の葉が茂る。その風景を思うと、なんともいえない気持ちになります」

陽一さんの話を聞いていると、その前の幽霊の句とあいまって、さびしさと切なさが胸にこみあげてくる。

「『花開く音』の繊細さも素晴らしいけれど、ここは広がりを重視して、『花の咲く町』の方にしましょう」

航人さんの言葉にみんなうなずいた。

花の次には啓さんの「ミレーの描く春の陽だまり」が付いた。農民の絵で有名なミレーだが、啓さんによれば若いころは経済的に恵まれず、疫病や内戦の影響で何度も居を移しているらしい。

晩年に故郷を訪れて絵を描き、その数年後に亡くなった。そのころに描いた「四季」の連作のうち「春」は最高傑作のひとつとされているのだそうだ。

話を聞くうちに不思議な気持ちになる。最初のうちは連句がなにかもわからず、ただ言われるままに句を作っていた。人の句にくらべて下手だなあ、と悲しくなったり、もっとうまく書けるようになりたいと焦ったりもした。

けれどもいまは、自分の句が付くかどうかより、この一巻が良いものになることが喜ばしいと思える。この小さな一巻のなかに、世界のことを刻みつける。連句というのはそういうものだと感じるようになった。

祖母もこんなふうに感じていたのかもしれない。ずっと祖母の背中を追いかけて連句を続けてきたけれど、いつのまにか祖母が横にいて、ならんで歩いているような気がした。

4

名残の表にはいった。もう全員の句が付いているし、気持ちもだいぶほぐれてきている。一句目は続けて春で、「しゃぼん玉追いかけおでこぶつける子」という、ほんわか育児系の方の萌さんの句が付いた。しゃぼん玉が春の季語である。

その次は、久子さんの「水たまりからUFOが飛ぶ」、雅美さんの「あかね雲星の名前を探しあて」、悟さんの「小さな庭に畝《うね》をつくった」と続いた。

「いや、実はいま、庭でスイカを育てているんですよ。それでこの前、ほんとに自分で畝を作りまして……」

悟さんが言った。

「え、スイカ？」

萌さんが驚いた顔になる。

「そうなんです。なにか作物を育ててみたくて……」

その言葉に、ますます悟さんという人がわからなくなる。弁護士兼歌人というだけでもすごいのに、スイーッと猫が好きで、さらに家庭菜園まで？

「なんでスイカなんですか？　スイカはむずかしいって聞きますよ」

萌さんが突っこんでいく。

「そうなんです。だから高い苗を買ったんですよ。そうしたら大丈夫かな、と」

悟さんが答える。

「たしかにむずかしいって聞きますけど、採れたら満足感高いんじゃないですか。大物が採れた、って感じがして」

悟さんの言葉に、蒼子さんが笑った。

「それで、順調なんですか」

「いちおう大きくなってます。今朝も枝の間引きをしましたし……。着果がヤマだと思うんですけど……」

「スイカって、球が大きくなるまでだいぶ時間がかかるんじゃないですか？　小玉でも開花してからひと月くらいかかりますよね？」

萌さんが訊く。

「そうですね、採れたらここにも持ってきますよ」

悟さんがうれしそうに言った。

「さて、このあたりでそろそろ夏の句を入れましょう。残念ながらスイカは秋の季語ですね。スイカの花は夏の季語ですが」

航人さんが笑う。

「いや、でもまだ花も咲いてませんから……」

悟さんが笑って言ったとき、一二三さんがさっと短冊を出した。

「これ、いいですね。これにしましょう」

航人さんは即座に決めて蒼子さんに短冊を渡す。ホワイトボードに「梅雨の朝サラリーマンの濁流よ」と書かれる。一二三さんはこの春卒業したばかりだと聞いた。新社会人らしい句だなあ、と思う。

「濁流、わかりますねえ。まあわたしもその一部なんですけど」

雅美さんが笑った。

「休日に自宅の家庭菜園の世話をした人が、平日になって出勤する。人の暮らしが滲み出る、いい付け合いだと思います」

航人さんが言う。もう一句夏の句で、久子さんの「草かげろうのからむ自転車」が付き、そのあと鈴代さんの「ありし日の思い出の家訪ね行く」が付いた。

航人さんが、このあたりでもう一度恋でもいいですね、と言ったとき、入口の扉が開いた。見ると、蛍さんの妹の海月さんが立っている。今日は制服姿である。

「あ、海月さん」

萌さんが言った。

「すいません、遅くなりました。委員会の活動が意外と長引きまして……」

「委員会？　海月さん、なに委員なの？」

「図書委員です。なぜか、しがらみでずっと……」

海月さんはそう言いながら、蛍さんのとなりに座った。

「あれ、今日はなんかいつもより人数多い？　それに、見たことない人も……」

海月さんはきょろきょろと部屋のなかを見まわす。

「話したでしょ？　今日はわたしの先輩が三人来るって」

「先輩？　はあ、なるほど……」

海月さんがサンズイさんや白猫さんの方を見る。

「はじめまして。蛍の妹の海月です。高校二年です。ここではいちばんの若輩者で、あ、別にレギュラーってわけじゃないんですけど」

「なに言ってるの、あんたまだ一回しか参加したことないでしょう？」

横から蛍さんがたしなめると、みんな笑った。

「高校生……若いなあ。サンズイです。よろしく」

サンズイさんが笑いながらお辞儀すると、白猫さん、一二三さんもそれぞれ名乗って頭をさげ、啓さんと雅美さんもあいさつした。

「それで？　いまどうなってるの？」

海月さんが、蛍さんの手元のノートをのぞく。

「いまね、名残の表の真ん中すぎで……。これから恋かな、っていう感じ」

「え、恋？　そうかあ。で、五七五？　七七？　季節は？」

「季節はなしで、七七だよ」

「わかった」

海月さんはそう言うと、カバンからさっそく筆記用具を取り出す。シャープペンシルをカチカチ言わせながら、短冊を一枚手に取った。

「恋でしょ、恋、恋」

そう言いながら猛然と短冊に句を書きはじめる。

「いいですねえ、みんな疲れてよれてきたところだし、あたらしい人のあたらしいアイディアがくるのは助かりますね」

蒼子さんが笑った。

「いい句が出はじめましたよ。『妻の名つけた新しい船』、『誰の恋路も映画のように』、『あなたとふたり海風浴びて』。どれもいい付け合いだけど、恋路と海風は四《し》三《さん》ですね」

航人さんの言葉にはっとした。海風の句はわたしのものだ。たしかに下の七が、うみかぜ・あびて、で四と三になっている。連句では、下の七が四・三になるのはリズムが悪いと言ってきらわれるのだ。

「船の句もとてもいいけど、打越が自転車で、乗り物がだぶることになりますね」

短冊を見直しながら、海風の句は最後の「て」を「る」に変えて、下の七の上下をひっくり返せば大丈夫そうだと気づき、「浴びる海風」に書き直す。

「うしろの方になればなるほどネタが尽きて、むずかしくなってきますねえ」

雅美さんがぼやくのが聞こえた。

「いえいえ、世界は広いんですから。まだまだ入れていない要素はたくさんありますよ。宗教も病気も出ていないし、地名やお酒もないでしょう？　裏以降は固有名詞だって使っていいんですよ」

「ほんとですね。そうか、世の中にはもっともっといろいろなものがありますよね。身近な世界のことしか考えてなかったのかも……」

雅美さんがうなずいた。

「すみません、海風の句、直しました。『浴びる海風』にします」

書き直した短冊を再び出した。

「うん、これなら障りはありませんし、ここはこの句にしましょう」

航人さんはそう言って、わたしの句を取ってくれた。

「じゃあ、もう少し恋を続けましょうか」

航人さんがそう言ったとたん、蛍さんがぱっと立ちあがり、短冊を出した。

「おお、これはすごい句が来ましたね。ほかになければここはこの句で行こうと思います。『凪《な》ぐことを知った女の髪の色』」

「おおお～」

悟さんと陽一さんが感嘆の声をあげた。

「まじ？　かっこよ」

海月さんが言う。「かっこよ」というのは「かっこいい」の語幹だけの形なんだろう。「すご」「つら」などなど、海月さんはよくそういう言い方をする。

「蛍さん、この前の会のあと、ずいぶん変わりましたね。凪ぐことを知った女……。なかなか思いつかない言葉です」

悟さんが腕組みする。

「いえ、あのあといろいろ考えまして……。就職活動の前になにか結果を出したい、って焦っていたんだと思ったんです。でも、そんなに簡単な道じゃないんだな、ってわかりました。これは一生かけて取り組むべきもの。人と競って結果を出すものじゃない。落ち着いて、もう一度ちゃんと取り組もう、って」

蛍さんが言った。

おおおー、と言って、サンズイさんたちが拍手する。

「ほらね、やっぱり連句の会に行ってよかったでしょ？　そういうのはね、結局ひとりで悩むより、人生の先輩と話すのがいちばんだから」

海月さんの言葉に、蛍さんが、なんであんたは、とため息をつく。

「え、なんで？　あたってるでしょ？」

「そういうことじゃなくって」

「でも、きっと、海月さんなりに心配してたんですよ」

サンズイさんが笑った。

「さて、じゃあ次に進みましょうか。もう一句恋を続けてもいいし、『ありし日』の句も一種の恋句だと考えて、次はもう恋を離れてもいい。その次が秋の月ですから、もう一句季節なしでもいいし……」

航人さんはそう言ってから、ふっと天井を見あげた。

「そしたら、ここは僕に付けさせてください。考えたら、今日はまだ一句も付けてなかった」

桂子さんがいたら、いいんじゃなぁい、と言うところだ、と思う。

「いいと思います」

すかさず、蒼子さんが言った。桂子さんの高らかな笑いがないのは心細いけれど、ここはわたしたちが代わりを務めなければ、と思い、わたしも大きくうなずいた。

航人さんの短冊には「朽ちた社の保食神」と書かれていた。

「社はやしろですよね？　下はほしょくしん？　五音しかないですけど」

海月さんが指を折って首をかしげる。

「ああ、これは、ウケモチノカミって読むんですよ。日本書紀《にほんしょき》に出てくる日本の神さま。読みにくいし、カタカナにしましょうか」

航人さんが答える。そういえばさっき、まだ宗教も出ていない、って言ってたな、と思い出した。

航人さんによると、ウケモチノカミというのは、日本書紀に登場する女神らしい。陸を向いては口から飯を吐き出し、海を向いては魚を吐き出し、山を向いては獣を吐き出す。訪ねてきたツクヨミをその食べ物でもてなしたところ、ツクヨミが「吐き出したものを食べさせるとは汚らわしい」と怒り、ウケモチノカミを斬り殺してしまった。

「その話を聞いたアマテラスオオミカミが怒ってツクヨミと仲違いし、太陽と月が昼と夜に分かれた、と言われているんですよね」

啓さんが言った。

「ウケモチノカミの死体の頭からは牛馬、額からは粟《あわ》、眉からは蚕《かいこ》、目からは稗《ひえ》、腹からは稲、陰部から麦・大豆・小豆が生まれて、人にもたらされたとか」

「古事記《こじき》にはウケモチノカミは登場せず、オオゲツヒメという神が似た役割を果たしています。似た神話はアジアの各地にあるようですが、僕はこの女性の身体から作物が生まれる、という神話になにかとても深いものを感じるんですよ」

航人さんはそう言って目を閉じた。

「ちょっと怖いですよね。でも、赤ん坊は母親の乳を吸って育つわけですし」

「卵がかえったあと、自分の身体を子どもたちの餌にする昆虫の話も聞いたことがあります」

悟さんとサンズイさんが言った。

「母性……って言っちゃっていいのかわからないですけど、生き物の業《ごう》みたいなものなんでしょうか。すごいな、って思いました」

一二三さんが慎重に言葉を選ぶ。まだ若いけれど、人の気持ちに敏感な人なんだろうな、と思う。

「そうですね、ただ……」

航人さんが言った。

「単に怖いっていうのともちがうんです。僕の母は僕が幼いころに亡くなっていて、そのときのことをなんでも覚えているわけじゃないんだけど、喪失感は強く残っているんですよ。大人になってから、自分が生まれたことで母が死んだんじゃないかという想いに取り憑かれたこともありました。身体が弱い人でしたから、子どもをふたり産んで育てるのはむずかしかったんじゃないかと」

　桂子さんがいたらなんて言うんだろう。もちろん、それと同じことをわたしが言ったって、全然ちがうんだろうけど……。

「母性っていうのは、実際に母親になった立場からすると、全然ちがう気もするんですけどね。母になったからって、人としては変わってない、というか」

　萌さんが首をかしげる。

「そうよねえ。子どもが小さいころはたいへんで、自分がずいぶん変わったような気がしてたけど……。いまになってみると、結局、子どものころとなにも変わってない気もするし」

　蒼子さんも笑った。

「でも、産むという行為は生命の根幹にかかわることですよね。自分の身体を子どもに食べさせる昆虫じゃないけど、産んだあとも乳を与え、世話をして、少しずつ自分の身体を与えている。僕はいま自宅で母の介護をしているので、思うところはいろいろあります」

啓さんが言った。

「介護を……。そうなんですか。ご自宅での介護はたいへんですね」

蒼子さんがそれだけ言って、口をつぐむ。蒼子さんの夫の茂明《しげあき》さんが亡くなったことを思い出し、なにも言えなくなった。

「でも、いまは思うんです。生きるとはそういうことなんだなあ、って」

航人さんの言葉に、蒼子さんと啓さんが深くうなずいた。

「そう、そういうことなんですよね」

蒼子さんがしずかにつぶやく。「そういうこと」ってどういうことなんだろう。わたしにはまだよくわからない。でも、蒼子さんや啓さんが同じ想いを抱いていることは少しわかった。

「できました!」

突然、海月さんの元気な声が響きわたり、みなはっとして海月さんを見た。

「次、月ですよね? さっき月だって言ってましたよね?」

「え、ええ、そうですよ。次は月。秋の月です」

航人さんが驚いたようにうなずく。

「月の句、できました」

海月さんが誇らしげに短冊を出す。航人さんが手に取り、うん、とうなずいた。

「いい句ですね。じゃあ、こちらにしましょう。『月の舟お猪口の中に浮かべ飲む』」

「うわぁ、まだ高二なのに？　お酒〜」

鈴代さんがはなやかな声で笑った。

海月さんがさっきの話を聞いてどう感じたのか、もしかしたら句を作るのに夢中で聞いていなかったのかもしれないけれど、わたしたちの糧となった神さまの身体のように、一気に月の光を飲んでしまった気がして、これもまたいい付け合いというのかもしれないな、と思った。


月の句のあとは久子さんの「校了ののち菊を束ねる」が付いて名残の表が終了。啓さんは、母の介護のためここで失礼します、と言って会場を出た。

あとは名残の裏の六句だけ。切れ味鋭い方の萌さんの「カマキリのちょうど身の丈ほどの罪」、サンズイさんの「地獄の沙汰も金次第とか」、白猫さんの「パンケーキ食べたら世界救おうか」とおもしろみのある句が続く。こういうのが連句の豊かさだなあ、と心が浮き立った。

「さあ、そろそろ最後の花ですね。ここはその前の七七。もう春にしましょう」

航人さんの言葉でみな短冊を取る。鈴代さんがさらさらと句を書いて、航人さんの前に出す。航人さんはすぐ、これにしましょう、と言って、蒼子さんに短冊を渡した。

山笑えども人のむづかし

ホワイトボードにはそう書かれていた。

「春にはなったけれど、人の世はむずかしい。そういうことですよね」

蒼子さんが鈴代さんに訊くと、鈴代さんが恥ずかしそうにうなずいた。こういう句を見ると、鈴代さんは不思議な人だと思う。いつものかわいいふるまいの裏に、人の真実を見通すような、澄んだ目を隠している。

「いい句だなあ。なんだかしみじみしますね」

悟さんが言った。

「さあ、次は花です。きれいな花を咲かせてください」

花。きれいな花。みんなが文字を書く音だけがして、白い短冊が一枚、また一枚と航人さんの前にならぶ。

わたしは「大海を夢見てはやる花筏《はないかだ》」という句を出した。となりには海月さんの「竜の息命と共に花を呼ぶ」が置かれ、その向こうに「満開の花には花の秘密ある」「淋しさをなぞる花びら朝の町」「花冷の夜に二人で酔っ払い」とならんでいる。

みんな素敵だ。花の咲く風景がいくつもいくつも目の前をよぎる。そのすべてがうつくしい。

捌きは、このなかからひとつを選び出さなくちゃいけないんだな。もちろん、式目から考えて取れない句もあるけど。この前、優さんが、連句は正解のない分岐の連続、と言っていたのを思い出した。

――そこでどちらに進むか決めるのが捌きの役割なんですよ。たとえ一句も付けなかったとしても、その一巻の向かう方向を決めるのは捌き。同じ連衆が集まって、同じ発句からはじめたとしても、捌きによってまったくちがう一巻になる。

航人さんはそう答えていた。

句を選ぶには、まず句の心を読み取る力が必要なんだ。句の心、連衆の心を受け止めること。その上で、自分の行きたい道を決めること。

上級者の付き添いありで捌きができるようになったら中級。給湯室で鈴代さんや萌さんと話したことを思い出した。

結局、花には蒼子さんの「満開の花は寂しと言ふ童《わらべ》」が選ばれた。

蒼子さんは子どもだったころ、花を見てそう感じたことがあったらしい。打越のパンケーキの句が自の句なので、自分のこととしてではなく、主語を童とした。

まだ小学校にあがるかあがらないかのころのことだそうだ。まわりの大人たちは「変わったことを言うね」と笑っていたけど、と蒼子さんは言った。

満開の花は寂しい。その言葉にはっとした。わたしだけじゃない。ここにいる人たちはみなその寂しさを知っているような気がする。

それでも花はうつくしい。それが連句なんだと思う。

挙句は久子さんの「ふらここ空に帰ろうとする」になった。

「ふらここ、つまりブランコが春の季語ですね。ブランコは上にあがっても重力で下に戻ってくる。みんなそう思っているけど、ほんとはブランコ自身は空に帰りたいと思っているのかもしれない。これまでそんなことは考えたことがなかったけれど、さすがは久子さんですね」

航人さんが笑う。これで一巻が終了。連句では「満尾《まんび》」という。

タイトルはみんなで話し合って「人のむづかし」に決まった。はじめて来た人たちが、楽しかった、また巻きたい、と言っているのを聞いてなんだかうれしくなり、また来てくださいね、と答えた。

わたしもいつか中級になって、捌きをしてみたい。連句をもっとわかるために。ここに集う人たちの心のうちとつながるために。

ぼんやりそんなことを思っていた。

歌仙「人のむづかし」　捌　草野航人

信号を待つ間のひかり夏なかば　久子
　坂道あがる濡れた白靴　蒼子
パイプ椅子体育館に積まれいて　萌
　ボール投げても取れぬ父ちゃん　陽一
月あかりパントマイムはもう終わり　啓
　かばんの奥にくるみひとつぶ　蛍
先生にこれをあげると蛍草　白猫
　むくどり仰ぐ祖母の横顔　一葉
やわらかな本棚を持つ君だった　蒼子
　しおり代わりのよれた恋文　白猫
念のため消せるインクで書く呪い　萌
　長く生きればやりなおし利く　鈴代
霜柱月に照らされよく育つ　サンズイ
　蜜柑の山を崩す三毛猫　悟

大人には見えぬ砂場のテリトリー　一二三
　ジャングルジムで会った幽霊　雅美
花の咲く町に戻って暮らしたい　陽一
　ミレーの描く春の陽だまり　啓
しゃぼん玉追いかけおでこぶつける子　萌
　水たまりからUFOが飛ぶ　久子
あかね雲星の名前を探しあて　雅美
　小さな庭に畝をつくった　悟
梅雨の朝サラリーマンの濁流よ　一二三
　草かげろうのからむ自転車　久子
ありし日の思い出の家訪ね行く　鈴代
　あなたとふたり浴びる海風　一葉
凪ぐことを知った女の髪の色　蛍
　朽ちた社のウケモチノカミ　航人
月の舟お猪口の中に浮かべ飲む　海月
　校了ののち菊を束ねる　久子
カマキリのちょうど身の丈ほどの罪　萌

地獄の沙汰も金次第とか　サンズイ
パンケーキ食べたら世界救おうか　白猫
山笑えども人のむづかし　鈴代
満開の花は寂しと言ふ童　蒼子
ふらここ空に帰ろうとする　久子

どこまでも飛ぶ

1

六月の連句会のあとの食事会で、蒼子さんや鈴代さんから、ぜひ少女マンガイベントの続きをしてほしい、という話が出た。二十四年組もいいが、そのころのほかの作品にも、それ以降の作品にもおもしろいものはたくさんある。

萌さんも、イベントをシリーズ化してもいいですよね、とかなり乗り気で、最初は慎重だった泰子さんも、前回の様子を見て続けてみたいと思っているようだ。

わたしは、少女マンガの話もおもしろかったけれど、後半の久子さんと柚子さんの創作にまつわる話にもすごく惹かれるものがあった。連句会に来てくれた歌人の啓さんの話も興味深かったので、短歌イベントなどもいいのかもしれない、と思った。そのことを話すと、久子さんも必要なら協力しますよ、と言ってくれた。

サンズイさん、白猫さん、一二三さんも、連句の場では控えめだったが、食事会ではいろいろ話すことができた。白猫さんは昨年、一二三さんは今年大学を出たばかりでわたしよりかなり年下だが、サンズイさんは卒業して五年ほど経っていて、わたしと年が近いことがわかった。

みんな働きながら小説の創作を続けているみたいだ。

——創作って、やっぱり楽しいんですよ。究極の自家発電なんですけど。いったん取り憑かれるとやめられないんですよねえ。

サンズイさんはそう言って笑った。サンズイさんも白猫さんも一二三さんも作品をネットで発表しているらしい。

数日後、サンズイさんから聞いたサイトを見てみると、サンズイさんや白猫さん、一二三さんのページがすぐに見つかった。短い作品ばかりだが、とてもおもしろかった。

どれも現実ではない世界が舞台のファンタジーだが、ちゃんと重厚なテーマがあって、人物がしっかり描かれている。独特の世界なので商業出版するのはむずかしいのかな、とも感じたが、これだけ書けるのはすごいことだ、と舌を巻いた。

連句会の翌々週の木曜日の夕方、蛍さんが「あずきブックス」にやってきた。もう閉店も近い時間である。もしかして、また作品のことで悩んでいるのかな、と少し心配になった。

「蛍さん、もうじきお店も終わるし、ちょっとお茶でも飲む？」

「え、いいんですか。お仕事は……？」

蛍さんがわたしを見た。

「今日はまだ棚の整理があるから、そのあとまたお店に戻らなくちゃいけないかもしれないけど、少しだったら大丈夫だよ」

今日の午後はお客さまがわりと少なめで、雑誌の整理もかなり進んでいる。

「ほんとですか？　よかった。ちょっとお話ししたいことがあったんです」

蛍さんが少し目をきょろきょろさせる。

これはあんまりいいことじゃないな。そんな気がした。いいことだったら、蛍さんはもっと弾むような感じになる。言うか言わないか迷っているようなこの感じは、なんとなくこの前の公募に落ちたときの様子と似ていた。

閉店時間になり、蛍さんには店内で待ってもらって、片づけをする。雑誌の棚の整理をすませて泰子さんに訊くと、今日はこのままあがりで大丈夫だよ、と言ってくれた。


あずきブックスのカフェも五時で閉店、近くにあるカヤバ珈琲も五時半がラストオーダーなので、言問通り沿いにあるファミレスにはいった。

もう六時近いし、これならいっしょにご飯も食べた方が良さそうだ。今日は父も母も帰りが遅く、どのみち家でひとりで食べることになっていた。蛍さんも、そうですね、と言ってメニューを見はじめた。

食欲はあるみたいだ。ということは、良くないことではあるけど、そこまで落ちこんでいるわけではないのかもしれない。蛍さんはパスタ、わたしはドリアを注文して、ドリンクバーで飲みものを取った。

「それで、話したいことって？」

一息ついたところで、蛍さんに訊く。

「ええ、実は……。妹のことなんです」

「妹って、海月さんのこと？」

「はい」

蛍さんがこくんとうなずく。

「突然押しかけてしまってすいません。大学の友人はみんな海月のことを知らないので……。一葉さんなら、と思って」

「そうだったんだ」

たしかにわたしは海月さんと何度も話したことがある。

「海月の……。進路のことなんです。海月、高一の秋に文理選択の希望を出したんですが、そのとき理系を選んだんです」

「理系？　そうなの？」

はじめはちょっと意外な気もしたが、そういえば蛍さんが以前、「海月は理系科目の方が好きで」と言っていたのを思い出した。

「中学のころから理系の方が好きだし、成績もそっちの方が良かったんです。国語はできるけど、英語はまあそこそこ。でも、数学はクラスでもいつも上位三位くらいまでにはいってるみたいで」

「じゃあ、得意科目ってことなんだね。だったら理系、いいんじゃない？」

「いまのところはそうなんですけど、数学って高二からどんどんむずかしくなるじゃないですか。高一までの成績が良くても、そこで脱落する人も多いですし」

蛍さんが言ったとき、注文した品が運ばれてきた。いただきます、と言って、蛍さんがフォークでパスタをくるくる巻く。わたしのドリアは舌が火傷しそうなほど熱いので、スプーンで少しすくって、ふうふう息を吹きかけてから口に入れた。

「たしかに、数Ⅱあたりで『なに言ってるかまったくわからない』って言う人、増えるよねえ」

一口二口食べてから、さっきの話に戻した。わたしも三角関数やベクトルまではなんとか理解できたけれど、虚数だの微分だのが出てきてから、なんのことなのかさっぱりイメージできなくなった。

「わたしもそうだったけど……。って言っても、数学の成績はせいぜい中の上くらいで、そんなに上位にはいったことなんかなかったし、いまの時点で上位にいるなら得意ってことなんじゃないの。それなら大丈夫なのかもよ」

わたしはそう言い足した。

「そうですねえ。海月の学校は英語にすごく力を入れてるので、模試でも英語は学校の平均点が高いんです。だからそのなかでトップレベルになるのはむずかしい。でも、数学はそこまで高くないんです。だから学内では上位だけど、模試で見ると英語より低くなってしまう」

蛍さんは海月さんの模試の結果を見てるのか……。姉として心配だというのはわかるけど、海月さんからしたらちょっときついかもしれないな、と思った。

──姉はね、すごいんです。試験のときもギリギリまでがんばる。自分の力を一二〇パーセント出すタイプですね。でもわたしはそこまでがんばれないから、八〇パーセントでできるところまでしかねらわない。

はじめて会ったとき、海月さんはそんなことを言っていた。自分は自分、と距離が取れているように見えたけれど、受験となれば、偏差値というひとつの軸ですべてが判断されることになる。

「心配なのはわかるけど、それは海月さんの問題じゃない？　もう高校生なんだし、蛍さんが悩むことじゃないような気がする」

わたしがそう言うと、蛍さんがはっと息をのんだ。

「それもわかってるつもりだったんです。でも実は、進路のことを話しているうちに、海月とケンカになってしまって……」

蛍さんがうつむく。なるほど、そういうことだったのか。悩んでいたのは、海月さんの進路ではなく、ケンカのことだったんだ。

「いまみたいなことをいろいろ言ってるうちに、海月が怒ってしまって……。わたしも干渉しすぎちゃいけない、ってわかっていたつもりだったんですが……」

蛍さんは途切れ途切れに言った。

「海月の希望は工学部なんですが、すごく難易度の高い大学を志望していて……」

「でも、いままだ高二でしょ？　まだこれから長いじゃない？」

「そうなんですけど、わたしから見ると、海月の成績は、総合すると文系の方が高いと思うんですよ。だから、文系の方がいい大学に行けるんじゃないかと。それに、工学部っていうけど、工学部ってなにを学ぶところなのかちゃんとわかってるのか、って思うし」

「工学部っていっても、いろいろあるよね？　建築も工学部だし」

「情報工学って言ってたような……。でも、なんとなく、学校の進路指導を真に受けちゃってるだけなんじゃないか、っていう気もして。学校で配布された資料を見ると、キャリア教育に力を入れていて、理系の進学者を増やしたがってるような雰囲気があるんですよ」

「いまは理系に行く女子も多いみたいだし、就職にも有利だって聞くよね」

「そうなんです。それを『理系に行かないと就職が厳しい』って取っちゃってるんじゃないかと。わたしもわかるんです。わたしは文学部に行きたかったけど、文学部だと就職口がない、って言われて、いっときは経済学部に行こうと思ってましたから」

「え、ほんと?」

文系でも、文学部の志望者は減っているが、経済や経営は人気があるらしい。

「両親に言ったら驚いてはいましたけど、賛成してくれたんです。だからがんばろうと思って。でも、経済学部に行くには数学が必要なんです。それで、わたしもかなり数学を勉強しました。だから、途中からむずかしくなることも身をもってわかっていて……」

蛍さんがうつむく。

「でも、結局文学部に行ったんだよね」

「はい。途中で経済学部の講義内容を見て、わたしがやりたいのはこういうことじゃない気がして……。わたしはやっぱり文学が好きなんだ、人間のことを考えたいって。でも、それじゃこの先食べていけない、経済学部に行かなくちゃ、と思いこんで、食事も喉を通らなくなっちゃって……」

蛍さんならそうなってもおかしくない気がした。真面目で、人からの期待に精一杯応えようとする蛍さんなら。

「それで、体調を崩しちゃったんです。自分では原因がよくわかっていなかったんですけど、保健室の先生と話していたとき、ようやくそのことに気づいた。そのあと、思い切って親に相談したんです。自分は経済学部には行けない、自分がやりたいことはほかにあるから、って。自分が情けなくて大泣きしました」

「ご両親は？」

「そんなこと心配しなくていいよ、って。わたしたちは経済学部でなくちゃダメなんて思ってない。大学は自分の学びたいことを学ぶ場で、就職のための予備校じゃないんだから、って。そう言われて、肩の荷がおりました」

蛍さんが小さく微笑んだ。つくづく真面目な人なんだな、と思う。大学進学のとき、わたしはそんなことまで考えてなかった。先のことなんて考えず、ただ本を読むのが好きだから文学部を選んだだけだった。

たしかに就職には苦労したし、勤めていた書店も潰れて大変だった。理系に進学してIT関係の企業にはいった子たちはもっとお給料をたくさんもらっていると思うけど、自分がそういう企業でやっていけたか、と言われれば無理な気がする。

　この道を選んで、というほどちゃんと選んだわけじゃないけど、この道を歩いてきたことを後悔したことはない。

「だから、海月ももしかしたら、就職のことを考えて、よくわかりもしないのに工学部だとか情報工学だとか言ってるんじゃないかと」

「無理して選んだ進路だってこと？」

　海月さんは蛍さんとタイプがちがうから、そういうことではない気がした。

「イメージに流されて、っていうか。そこに行ってなにをするのか、とか、自分がちゃんとできるのかとか、全然考えずに決めちゃったのかもしれない、って。あと、社会が苦手だから逃げてるんじゃないか、とも」

「社会？」

「あ、科目としての社会です。海月は歴史も地理も、全部ダメで……」

「苦手意識があるなら、そういうことはあるかもしれないけど……。それで、どうなったの？　ケンカして、仲直りできたの？」

「仲直りは、しました。っていうか、海月が黙っちゃったので、わたしが途中で折れて、謝ったんです。海月はあまり怒りを表に出さない子なんです。感情の起伏の激しいわたしとちがって、あんまり泣かないし、怒らない。その海月が黙りこんじゃったので、怖くなって。もう口出ししないって約束しました」

「そしたら?」

「それならいい、って。それで海月はいつも通りになったんですけど、わたしとしては、言いたいことがじゅうぶん伝わってない気がして……。ほんとにちゃんと考えたうえでのことなら、それでいいと思うんですけど、海月の気持ちがいまひとつよくわからなくて」

蛍さんは不満げに言った。

「でもさ、そこは海月ちゃん自身の意志にまかせるしかないんじゃない? 蛍さんだって、ほんとに行きたい道に自分で気づいたんでしょ? そういうのって、ほかからいろいろ言われてもピンとこなくて、自分で気づくしかない、っていうか」

「でも、受験って、時期が決まってるじゃないですか。気づいたとしても、その時点で手遅れだったら、と思うと、焦ってしまって。わたしもそれで失敗しかけたので、どうしても気になって……」

蛍さんは目を伏せる。人一倍責任感が強いから悩んでしまうのだろう。

「でも、そうですよね。自分で気づかないと納得しない。海月の人生なんだし、まあ、浪人するっていう手もあるわけだし……。わたしがあれこれ言うのはやめた方がいいですね」

　そう言って少し笑った。

「もう高校生っていったら大人だもんね。自分のことは自分で決めたいんじゃない？　引っこみがつかなくなって意地を張ってしまったり、自分でもそう思っていても外からなにか口出しされるのは癪《しゃく》だったり。そういうのも含めて自分で決めたい年ごろなんじゃないかな。わたしもそうだったよ」

　学生時代にあったあれやこれやを思い出しながらそう言った。

「一葉さんでもそんなふうに思ったことがあるんですか？　意外です」

「え、どうして？」

「いつも落ち着いているように見えてました」

「わたしはたぶん恐がりなんだと思う。そこは蛍さんとはちがうよね」

　蛍さんだけじゃない、海月さんとも、萌さんとも鈴代さんともちがう。思うことがあっても、いつも心配して踏み出せず、そのまま終わってしまう。いろいろなことにチャレンジしている友だちを見ては、うらやましいなあ、と思うだけ。

「だから、やってしまって後悔することより、結局なにもできなかった、って後悔することの方が多くて。蛍さんや萌さんも、みんなすごいなあって思う。勇気があるし、行動力も……。やっぱり踏み出さないとなにも生まれないもんね」

「そんなことないです。わたしの望みは、どれも分不相応だったり、動機が虚栄心だったりで、全然……。経済学部のことだってそうなんです。友だちの手前、みんなが行く学部に行きたかった。それもできるだけいい大学に」

蛍さんがため息をついた。

「それくらいの方がいいんだよ、まだ若いんだもの。わたしはいつも尻ごみばかりして、いま思うと、あのころにもっと挑戦しておけばよかった、って。創作もね、やってみたかったけど、結局ひとつも書かなかった」

「そうなんですか？」

蛍さんが意外そうな顔になる。

「どうせ作家になんてなれるわけないんだから、書いたって意味ないような気がして。でも、サンズイさんたちと会って、そうじゃないんだな、って思った。あのあと、サンズイさんたちの作品をネットで読んだの。すごくおもしろかったし、書くのが楽しいんだ、って伝わってきた」

「先輩たちはすごいですよね。わたしにはああいうエンタメの世界は作れない」

蛍さんが言った。

「でも、蛍さんには蛍さんにしか書けない世界があるでしょ？」

「そうかもしれません。でも、この前の公募のことも、柚子さんの話を聞いて、また焦ってしまっていたのかもしれないって思いました」

「焦ってしまった、って？」

「もうすぐ就活もしなくちゃいけないし、それまでにわたしがここにいる証を残しておきたいと思って書きはじめたんです。でもほんとは、わかりやすい勲章がほしかっただけなのかも、って。賞を取った、っていえば、みんなにも認めてもらえると思った。柚子さんと話していて、それがわかりました」

「わたしは小説が書けるとは思わないけど、連句をはじめて『言葉で表現することが楽しい』ってことはわかってきたんだ。自分が形にしたいと思っているものをしっかり表現できたときは達成感があるし、人の想いにふれるのも勉強になる。『ひとつばたご』にはいってよかった」

「わたしもそう思います。はじめは『表現者になりたい』っていう気持ちだけが先走ってましたけど、いまは表現することの深さと怖さと楽しさをひしひしと感じていて、それでもずっと続けていきたいな、って……」

　蛍さんのその言葉を聞いて、最初に会ったときに海月さんが言っていたことを思い出した。

　――わたしは姉みたいに表現者になりたいとは思わないんですよね。

　――でも、ナニモノかになりたい、っていう気持ちはちょっとわかります。

ナニモノかとはなにか訊くと、海月さんは「オンリーワンの存在」と答えた。

――むかしはシェイクスピアとかトルストイとかドストエフスキーだったんだと思うんですよね。でも、二〇世紀はやっぱりディズニーとかスティーブ・ジョブズとかじゃないですか？　だから、二十一世紀はまた別の形があると思うわけで。ディズニーとかスティーブ・ジョブズ……。海月さんはたしかにそう言った。

「そういえば、海月さん、表現者になりたいとは思わないけど、ナニモノかになりたい気持ちはわかる、って言ってた」

「ナニモノか？」

蛍さんが首をかしげる。

「オンリーワンの存在、とか……。二十世紀ならディズニーとかスティーブ・ジョブズで、二十一世紀にはまた別の形があるんじゃないか、って」

「スティーブ・ジョブズって、アップルの？　たしかにマイクロソフトやアップルは世界を変えたかもしれませんけど。そういうのを目指すから工学部っていうことなのかな？　うーん」

蛍さんがうなった。

「ビル・ゲイツやスティーブ・ジョブズになりたいとか、なれるとか思ってるわけじゃなさそうだったけど。でも、学校で言われたからそう思いこんでるわけじゃなくて、海月さんなりになにか考えていることがあるのかもしれないよ」

「そうでしょうか」

蛍さんは考えるような顔になった。

「でも、そうですね。自分がいろいろまちがえたから、海月にはまちがえないでほしいと思っていましたけど、それはいろいろまちがえたりしたからわかるようになったことで。海月も結局、自分で考えて結論を出すしかないんですよね」

しばらくして、蛍さんはそう言った。

「そうだね。最初から正しい道が決まってるわけじゃなくて、歩くなかで自分の道が定まってくる、ってことなんじゃない？」

「わかりました。不安はありますけど、遠くから見守ることにします」

蛍さんは大きく息をつき、少し笑った。

2

翌日、鈴代さんからメッセージが来た。祖母のリストでは七月のお菓子は「麻布昇月堂《しょうげつどう》」の「一枚流し麻布あんみつ羊かん」だけれど、ものすごくおいしそうな水ようかんを見つけたのだ、と言う。メッセージにはその水ようかんに関する記事のリンクが貼られていた。

――写真見ただけで、めちゃめちゃみずみずしくて、とぅるんとぅるんっなのが伝わってくるんだよ♡　箱に流しこまれてて、葉っぱがひらっと一枚上にのせられてるのも特別感があって……。

しゃべっている鈴代さんの顔が浮かんでくるようなメッセージだ。

両国にある「越後屋若狭《えちごやわかさ》」というお店の水ようかんで、リンクを見ると、白く四角い紙箱に流しこまれた水ようかんの写真があらわれた。見たとたん、前にこの水ようかんを食べたことを思い出した。

――この水ようかん、知ってます。食べたことあるんです。前にテレビで見て、祖母といっしょに食べてみたいね、って言って、予約して取りに行って……。

両国の駅から歩いて十二、三分。地図を頼りに行ったが、お菓子屋さんらしい店はどこにも見あたらず戸惑っていると、料亭かと思うような木戸があり、横に看板がかかっていた。

なかにはいっても和菓子屋さんのようなディスプレイはなにもない上、無人。声をかけると奥から人が出てきて、名前を告げると袋にはいった水ようかんの箱を持ってきてくれた。

――ええ～っ、ほんとに？　さすがはお菓子番！　で、どうだった？

――絶品ですよ。箱にはいってるんですけど、箱から出すと崩れてしまうくらいやわやわで、甘さも絶妙で……。

――やっぱりそうなんだぁ。

――知る人ぞ知る名店みたいですよ。わたしもあとで知ったんですが、一七四〇年創業で、夏目漱石や西郷隆盛、伊藤博文も通ってたらしいです。

それを知ったときは少し驚いた。店構えはとても小さく、お菓子屋さんとは思えない。すべて予約品で、ふらっとやってきて買えるものはひとつもない店なのだ。

――うわぁ。そりゃ大物だ！　立派な茶道教室とかでしかお目にかかれない銘品ってことなのかなぁ。見たとたん食べてみたいーってなっちゃった☆

――でも、完全予約制なんですよ。祖母は連句会にも持っていきたいと思ったみたいなんですけど、たしか賞味期限は当日かぎりで、受け取り時間も指定制、しかも食べる前に冷やさなくちゃならない、とあまりにもハードルが高くて断念したんですよね。

施設の部屋には冷蔵庫がないから、冷やして食べるためには最初からクーラーボックスを持っていくしかない。高齢の祖母にはちょっと負担が重すぎた。

――クーラーボックスを抱えて両国から大田区まで移動するのは祖母にはきつかったと思いますけど、わたしならなんとか……。

——一葉さんだけに負担させないよぉ。わたしもいっしょに行く。クーラーボックスも持ってるから。わたしが言い出しっぺだし、そのお店も見てみたいし。

——あと、受け取りの時間ですよね。土曜日は予約も多いかもしれませんし、正午には受け取らないと連句会に間に合わないので……。

——わかった。じゃあ、今回は予約もわたしがするね。それで正午までの予約が取れたら、ここの水ようかんにする。取れなかったらあきらめるってことで……。

次の連句会の会場は大森の大田文化の森。乗り換え情報のアプリで見ると、両国から大森までは三十分ちょっと。越後屋若狭から両国駅までは歩いて八分くらい。大森駅から大田文化の森まではバスで七、八分。ぎりぎり間に合いそうだ。

——いやいや、大森からはタクシーに乗ろ。ふたりだし、水ようかんを守るためだと思えば！

鈴代さんは本気みたいだ。たしかに越後屋若狭の水ようかんは特別やわらかく、持ち運びの際はできるだけ振動を避けてください、と言われた記憶がある。

——あと、お値段もかなり張るから、みんなの許可も取らないと。わたしの方から「ひとつばたご」のグループにメッセージを流しとくね。

——そんなにいろいろお願いしちゃっていいんでしょうか。

——大丈夫だよ〜。いつもお菓子のこと、一葉さんにまかせっきりになっちゃってたし。今回はわたしががんばる☆　楽しみだね〜。

あの水ようかんを連句会に持っていくのは祖母の夢でもあったのだ。わたし自身、また食べてみたいと思う気持ちがふくらんで、今回は鈴代さんに甘えることにした。

鈴代さんが水ようかんのことをグループに流すと、次々に「ＯＫです！」「楽しみです」という返事がきた。萌さんは家の都合でお休みらしく「めちゃくちゃ悔しいです。水ようかん、食べたかった」と書かれていた。

その夜、鈴代さんからメッセージが来た。「だいじょぶだった！　正午受け取りの予約取れたよ☆」と書かれていて、当日の待ち合わせの相談をした。

クーラーボックスは鈴代さんの家に水ようかんの箱を平らに入れられる大きさのものがあるということで、冷やした保冷剤を入れて持ってきてくれるらしい。

この水ようかんはかなり水分が多いのでお皿がないと分けられない。紙皿では味気ないと思っていると、母に、漆《うるし》の銘々皿があるから持っていけば、と言われた。以前、母方の祖父母の家からもらったものらしく、五枚組が二セットある。さすがに皿を持っていくのは大袈裟だし、重いんじゃないかと思ったが、小さいし薄いので、とても軽い。十枚持ってもたいした重さにならない。

連句も今回はいつものメンバーだけで萌さんはお休み。それなら九人だから、もし突然だれかゲストが来たとしても十枚あれば足りるだろう。セットで菓子楊枝があったので、それも合わせて持っていくことにした。

あとはケーキを取り分けるとき用のヘラである。あのやわらかい水ようかんを皿に移すための必需品。前に祖母と食べたときも、迷った挙句、これを使って皿に移したのだ。

つやつやの漆のお皿を見ながら、この上にあの水ようかんがのるのか、と思うと胸が高鳴った。お皿の写真を撮って鈴代さんに送ると、「本格的になってきて、どきどきだね」という言葉とともに、きらきらマークがたくさん送られてきた。


当日は早めにお昼を食べ、銘々皿を持って家を出た。鈴代さんと待ち合わせしたJRの両国駅に向かう。正午すぐに受け取るため、集合は十一時五十分である。

わたしは少し前に着き、鈴代さんも時間より少し早くやってきた。

「いざ出発だね。わくわくする〜」

鈴代さんはいきなりテンションが高い。越後屋若狭は駅の西口を出て一の橋通りをまっすぐ進み、首都高の下を流れる竪川《たてかわ》を渡ってすぐのところにある。

梅雨が明けたようで、空は真っ青。そして太陽が真上にあって、とても暑い。鈴代さんは刺繡のはいったかわいい日傘をさす。レースのついた服で刺繡入りの日傘をさした鈴代さんがクーラーボックスを肩から提げているのはちょっと不似合いな気もしたが、今日ばかりは仕方ない。

「暑いね〜。お日さまぴかぴかすぎるー」

そう言いながら、鈴代さんがハンカチで汗をおさえる。

マンションなど小さなビルが両側にならぶ道を抜け、橋を渡る。大学生のころ、祖母の代わりに水ようかんを取りに来たときも、地図アプリを頼りにこの道を歩いた。お菓子屋さんがあるようなところには見えず、前に来たときはほんとにここにあるのか不安になったものだった。

橋を渡ってすぐ、一見ふつうの家にしか見えない建物。入口も狭い。だが、戸の横に崩し字で「越後屋」と彫られた小さな木の看板があり、「水ようかん」という木の札もかかっている。

「ここ？」

鈴代さんが入口を見つめる。

「はい、ここなんです。前来たときは通り過ぎそうになりました」

「え〜。店構えは小さいけど、なんとなく高級感あるねぇ。料亭か、お茶やお花のお教室みたい。一見さんお断り、みたいな。はいるの、どきどきするぅ」

目をキラキラさせてそう言った。

「大丈夫です。予約してますし」

時間を見ると、正午ちょうど。そうっと戸を開ける。店のなかはしんとして、なかにはだれもいない。この前もそうだった。お菓子のディスプレイもなく、人もいなくて、ここでまたかなり不安になった。

「だれもいないね」

鈴代さんがあたりを見まわす。

「前に来たときもそうでした。でも、声をかけると出てきてくれます」

わたしが言うと、鈴代さんは店の奥に向かって、すみません、と声をかけた。すぐに上品な女性が奥からあらわれ、鈴代さんが名前を言うと、奥にもう一度戻って、しずしずと袋を持ってきた。なかには水ようかんの白い紙箱がはいっている。

鈴代さんがクーラーボックスを開け、注意深く平衡を保ちながら箱を入れた。

お店を出ると、外はまたしても照りつける日差しでとても暑い。店内のしずかでひんやりした雰囲気が嘘みたいだ。

「あのお店だけ異世界みたいだったね」

鈴代さんが笑った。たしかにあの店のなかにだけ別の時間が流れていたような気がする。あの店の奥は実は江戸時代につながっていて、井戸から汲みあげた水でお菓子を作っている……。そんな想像をしてしまうほど、別世界感があった。

サンズイさんたちだったら、そういう設定で素敵なファンタジーが書けるかもしれない。ネットで読んだサンズイさんたちの物語を思い出して、なんだかうらやましいような気がした。

3

両国の駅からはJRを乗り継いで大森へ。冷房が効いているのでほっとする。大森に着いてからは、予定通りタクシーに乗った。クーラーボックスは鈴代さんの膝の上にのっている。

大田文化の森の前でタクシーをおり、連句の会場へ。エレベーターのなかで時計を見ると、一時ちょうど。なんとか遅刻せずに着くことができた。

会議室にはいると、わたしたち以外はもうみんなそろっていて、席についている。見ると、蛍さんのとなりに海月さんがいた。海月さん、来たんだ。蛍さんとのいざこざはもう完全におさまったってことなのかな。それならよかった。

それに、銘々皿を念のため十枚持ってきたのもよかった。これで人数ぴったりだ。

「おお、それが噂の水ようかんですね！」

海月さんが立ちあがる。

「すみません、水ようかんの話をしたら、わたしも行くって言い出して……」

蛍さんが申し訳なさそうに頭をさげた。

「期末テストも終わって、いまは自由の身なんですよ」

海月さんが笑った。いつもと同じだ。ケンカはおさまったってことなのかな。まあ、きょうだいゲンカってそんなものかもしれない。兄とのケンカもいつもそうだった。いっときはぶつかっても、いつのまにか元に戻っている。

鈴代さんはクーラーボックスを隅の机にそうっと置き、席について短冊を手に取る。わたしも急いでとなりに座った。

あのお店のこと、みんなに伝えたいよなあ。短冊を見ながらそう思う。水ようかん自体も素晴らしいんだけど、あの異世界感を少しでも伝えられたら……。奥で江戸時代の店とつながっている、そんな感じ……。

夏の季語は、と歳時記をめくる。暑し、涼し、という語を見て、ここは「涼し」を使おうと思った。涼し、江戸、和菓子店……。文字を組み合わせ、数える。

「できました！」

まとめられずにいるうちに、鈴代さんがそう言って短冊を出す。航人さんは短冊を見てくすっと笑った。

「水ようかん、皆さん楽しみにしているようですし。これしかないですね」

そう言って、短冊をこちらに向けた。「水ようかんそろりそろりと運びをり」とある。

「うわあ、その通りですね」

思わず声が出た。崩れないように、とクーラーボックスをなるべく揺らさないように歩き、電車やタクシーのなかでもしっかり膝の上で平衡を保っていた。あの店での風景もなんとか句にしたい。付けるならここしかない。さっきできあがりかけた五七五を七七に組み替えようと短冊に書きつける。

江戸からの風……。季語の涼しを入れて……。順番をいろいろ考えた末、「店の奥から江戸の涼風」と書いて航人さんの前に出す。

「店の奥から江戸の涼風……。これは、この水ようかんの店の風景ですか？」

航人さんに訊かれ、うなずいた。

「はい、この和菓子屋さん、江戸期の創業で……。でも、店構えは小さくて、店内にはディスプレイもなにもなくて……」

そう答える。

「扱うのは予約品だけなんですって。お店にはいってもだれもいなくて、しんとしてて、呼ぶと奥からお店の人が出てきて……。こちらが名前を言うと、水ようかんのはいった袋を持ってきてくれるんです。あの奥になにがあるんだろう、って想像しちゃうような……」

　鈴代さんが思い浮かべるように言った。

「なるほど。それはちょっと一度行ってみたいお店ですね」

　陽一さんが興味を示す。

「ずっと予約だけで営業してるわけですよね。わたしもネットで調べてみましたけど、場所もそんなに便利なところじゃなさそうですし、お菓子もかなり高価ですし。常連のお客さんがいるということなんでしょうね」

　直也さんが言った。

「『店の奥から江戸の涼風』っていう発想はおもしろいなあ。タイムスリップして江戸の町につながってる、みたいな感じですね。夏のまぼろしみたいで趣もある。これにしましょう」

　航人さんがそう言って、短冊を蒼子さんに渡した。

「それにしても、ますます水ようかんが楽しみになりましたねえ。実はそのお店の水ようかん、テレビかなにかで見たことがあるんですよ。上品な佇まいで、ここでお目にかかれるとは。今日はほんとは仕事の予定がはいっていたんですが、水ようかんをどうしても食べたくて、先方にお願いしてずらしてもらったんです」

「ええっ、そこまで？」

悟さんの言葉に、鈴代さんが目を丸くする。

「それはそうですよ。水ようかんのためですから」

悟さんが胸を張る。さすがスイーツ好きの悟さんだ、と思う。

「お子さんの用事で来られない萌さんは、相当悔しがってましたからね。予約品でなかなか食べられるものじゃないですし、写真を撮って送りましょうか」

陽一さんが鈴代さんに言った。

「それは逆効果なんじゃなぁい？」

桂子さんがふぉふぉふぉっと笑う。久しぶりにその笑い声を聞いて、ほっとする。やっぱりひとつばたごにはこの声が必要だなあ、と思った。

「まあ、水ようかんを食べるためには、まず表六句を終わらせないとね。さあさ、皆さん、句を作ってくださいね」

航人さんの言葉に、みんなはっと顔を見合わせ、短冊を手に取った。

第三は桂子さん、四句目は悟さん、五句目の月は蒼子さん、六句目は直也さん。するすると句が付いて、表六句は終了。いよいよ水ようかんのお披露目となった。

鈴代さんがクーラーボックスの蓋を開け、そうっと水ようかんを取り出す。人数を考え、念のため三箱買ってあった。

「え、なにこれ。紙箱？」

海月さんが不思議そうな顔になる。

「この紙箱のなかに水ようかんが直接はいってるんだって。開けてみよっか」

鈴代さんがそう言って、箱の蓋を開ける。

「おおお～、これは……」

「すごい。なんて上品なんだ」

陽一さんと悟さんが口々に言った。みずみずしい水ようかんの上に、葉っぱが一枚。それだけなのに、ものすごい存在感である。

「やられました。ただものじゃない佇まい……。これはまちがいなくおいしいやつ……。わたしのような一介の高校生が食べていいものじゃないですね」

海月さんはそう言って、真剣な顔で水ようかんを凝視している。

「ほぉんとぉ。すごい迫力ねぇ。でもこれ、どうやって分けるの？」

「ものすごくやわらかそうですもんね。箱から出したら形が崩れてしまいそう」

桂子さんと蒼子さんが箱をのぞきながらそう言った。

「ほぼ液体ですね」

海月さんがうなずく。

「前に食べたときも、切り分けるのはちょっと大変でした。とりあえず、取り皿は持ってきたんです。形は少し崩れるかもしれませんが、そこはあきらめて……」

わたしが紙袋から銘々皿を出すと、またみんな、おおーっとどよめいた。

「漆の銘々皿まで！　なんだかすごい会になってきましたね」

悟さんが笑った。結局、鈴代さんもわたしも怖くて手が出せず、水ようかんは蒼子さんに切ってもらった。箱にはいっているから形を保っているが、出すとすぐにぶよんと外側に膨らむ。それをうまく切り分け、ヘラを使って皿に移した。

「ヘラがあって助かったわ」

ようやく分け終わったところで蒼子さんが言った。皿が行き渡り、みんなそうっと水ようかんを口に運ぶ。

「うわあ、おいしい〜。溶ける〜」

蛍さんが声をあげた。

「これは絶品ねぇ。生きててよかったわぁ」

桂子さんが息をつく。

わたしも食べてみて、やっぱりおいしい、と思った。祖母と食べたときの感動がよみがえり、買うのはたいへんだけど、予約してでも手に入れたいというお客さんがたくさんいるのもうなずけると思った。

「こんな……こんなおいしいものが……世の中にあるのか！」

海月さんは一口食べるごとに目を閉じて味わっている。

みんなが喜んでくれたことがうれしかったし、祖母の願いをかなえることもできた。ほんとは祖母もいっしょだったらよかったのだけれど。でもきっと喜んでくれている、と思った。


水ようかんを食べ終わってから、桂子さんの旅行の話を聞いた。前々から行きたいと思っていたノルウェー周遊の旅十日間。オスロやベルゲンの街を散策したり、山岳鉄道で山を越え、フィヨルドを船でめぐったり。プレーケストーレンという断崖絶壁にものぼったらしい。

「断崖絶壁を？　のぼる？　命綱みたいなのをつけて、ですか？」

海月さんが訊く。

「まぁさかあ」

桂子さんがふぉふぉふぉっと笑う。

「のぼるのはふつうの山道で、のぼっていくと断崖絶壁の上に出るのよ」

「あ、そういう……」

海月さんがうなずく。

「でも、それでもすごいですよ。プレーケストーレンって、よく写真で見るやつですよね。上から見ると四角い台みたいな形の……」

直也さんが訊いた。

「そうそう、それそれ」

「前に友人が行った話を聞きましたが、のぼりだけで四時間くらいかかるとか。ちょっとした登山ですよね」

のぼり四時間の登山……！　たしか桂子さんは七十を過ぎていたはず。

「そうなの。途中、ちょっと険しいところもあるしね。でも、うちはもともと大学の登山部で知り合ったから。年とってからもよく登山に行くのよ。ふだんは日本の山だけどね。もちろんいきなり無理するのは危険だから、わたしも毎日一時間はウォーキングしてるし」

「毎日一時間のウォーキング！　それ、絶対わたしより運動してます」

海月さんが言った。

「なに言ってるの、若い人にはかなわないわよぉ。でも、行きたいところに行ける力を残しておきたいから、がんばってるの」

桂子さんはまたふぉふぉふぉっと笑い、スマホを取り出して旅行中の写真を見せてくれた。ブレーケストーレンの断崖は、たしかにテレビか映画でわたしも見たことがあった。

桂子さんによれば、プレーケストーレンとはノルウェー語で演説台のこと。四角く突き出した「演説台」の下は六〇〇メートルの切り立った崖。しかも柵もなにもない。写真には突き出した場所の縁ギリギリのところに立っている人たちも写っていた。

「この人たち、怖くないんですかねえ」

蛍さんが言った。

「ほんとよねぇ。わたしもけっこうがんばって縁に近づいてはみたけど、このくらいが限界だったわぁ」

そう言って出した写真のなかで、桂子さんは縁から一メートルくらいの場所に立っていた。それでもじゅうぶん怖い。

「写真で見ると真っ平らに見えるけど、自然の地面だから細かい起伏もあるし、それに風が強いのよ。しかも急に強く吹きつけてきたりして」

「えぇーっ、それは怖いですね……。高所恐怖症の人は絶対無理そう」

蛍さんが言った。

「柵、なんでつけないんでしょう」

蒼子さんが訊く。

「いや、でも、ここに柵があったら景観が台なしじゃないですか」

悟さんが笑った。

「日本だったら、縁よりだいぶ内側に金属の柵をつけて、縁には近づけないようにしますよね、きっと。この国の人たちは『自己責任』ってことなんでしょう。さっきの友人の話によると、事故はほとんど起こってないみたいですよ」

直也さんが言った。

「ほんとですか？」

「ええ。ノルウェーにはこの場所のほかにもシェラーグボルテンとかトロルトゥンガっていうスポットがあるんです。シェラーグボルテンは崖と崖のあいだにはさまった大岩、トロルトゥンガは『トロルの舌』っていう意味で、絶壁に突き出した長い舌みたいな形の大岩です」

「あ、それSNSで見たことが……」

海月さんがつぶやいた。

「度胸試しスポットなんでしょうかね。ネットを見てると信じられないくらい危険なポーズで写真を撮っている人たちがたくさんいますよ。バランス感覚がいいんでしょうか。ああいうのができる人は、危機感覚みたいなものが我々とちょっとちがうのかもしれませんね。最近だとウィングスーツみたいなのもありますし」

「ウィングスーツ？」

蒼子さんが訊いた。

「ムササビスーツって呼ぶ人もいますよね。両腕の下にムササビみたいな膜のついたスーツです。着るパラシュートみたいな。それを着て、こういう絶壁の上から手を羽みたいに広げてすーっと」

「あ、見たことあります。すごいですよね、生身で飛んでる感じで」

海月さんが言った。

「生身で飛ぶって、それ、落ちたら……」

蒼子さんが言った。

「死ぬでしょうね。クライミングでもなんでも、エクストリームスポーツと呼ばれるものはたいてい、ほんとの意味で命がけですから」

「それくらい強い刺激を求めちゃう人もやっぱりいるんですねぇ。脳の構造がちがうとしか」

鈴代さんの言葉に、蒼子さんがぶるぶるっと身体をふるわせた。

4

裏にはいり、表から続いた秋一句のあと、すぐに恋の座へ。陽一さん、蛍さん、海月さん、鈴代さんとどんどん句が付いていく。恋が終わって、冬の月。「断崖とフィヨルド照らす冬の月」という桂子さんの句が付いた。

「断崖とフィヨルド。壮大ですねえ」

直也さんが腕組みしてうなずく。さっき見せてもらったプレーケストーレンの写真が眼裏《まなうら》によみがえり、その上に冴え冴えとした月が浮かぶ。ファンタジーの世界のはじまりのようで、わくわくした。

「よし、できました！」

海月さんが意気揚々と短冊を出す。そこには「ウィングスーツでどこまでも飛ぶ」という句が書かれていた。

「いいですね、躍動感のある付け合いだ」

航人さんが言った。

「いい句じゃなぁい？『どこまでも飛ぶ』って、若いわぁ」

桂子さんがふぉふぉふぉっと笑う。

「空を飛ぶのが夢ですから」

海月さんがにまっと笑った。

「へえ、そうなの？　あ、だから竜が好きなんだね。竜に乗って飛ぶ、みたいな？」

鈴代さんがにこにこ顔で訊く。フィヨルドは複雑な地形の入江で、海につながっている。そういうところに住む竜もいるのだろうか、と思う。

「いいえ、竜は好きですけど、飛ぶのは自分で飛びたいんです。機械とか使うんじゃなくて、生身で、鳥みたいに」

海月さんが両手をふわふわと動かす。

「それはすごい夢だね。でも、わかる。子どものころは飛ぶことに憧れたなあ。鳥みたいになりたい、って。でも、いつからか落ちるのが怖いという方が先に立つようになっちゃって」

直也さんが苦笑いする。

「夢って言えば、海月さん、進路はどう考えてるんですか？　高二だから、そろそろそういう話もありますよね？」

悟さんの言葉に、え、と思って蛍さんを見る。仲直りはしたのかもしれないけど、すっきり解決したという話は聞いてない。大丈夫かな、と表情をうかがう。

「はい、一応理系で考えてます」

海月さんがはきはきと答える。

「え、海月さん、理系なんだ。すごーい」

鈴代さんが驚いたように言った。

「数学とか物理とか、できるの？」

蒼子さんが訊く。

「はい。どちらかというとそっちの方が得意科目で……」

「そうなの？　すごいわね。わたしは理系は全然だったから」

蒼子さんが苦笑いする。

「わたしもですぅ」

鈴代さんもにこにこ笑いながらうなずいた。

これがきっかけでまたケンカになっちゃったら……とひやひやしたが、蛍さんは落ち着いた顔でじっと黙っている。遠くから見守ることにします、と言ったときの顔を思い出し、やっぱりお姉さんなんだな、と思った。

「理系っていってもいろいろあるよね？　生物とか化学とか……」

「理学部じゃなくて、工学部なんです、行きたいのは」

「工学部！　それはまた……」

鈴代さんが目をぱちくりする。

「工学部って、どっち方面？　建築とか？　それとも情報系？」

陽一さんが訊いた。

「情報系です」

海月さんが即答した。

「そうか、やっぱり。機械とちがって、情報系は女子も多いって聞きます」

「ああ、陽一さんはSEでしたっけ。工学部出身ですか？」

直也さんが言った。

「いえ、僕は実はもともとは文系と理系の中間みたいな学科にいて……。コードはそのあと仕事するなかで学んだ感じです。でも、SEの仕事はコード書くだけじゃなくて、お客さんの考えてることをどうやったら実現できるか考えるところからのスタートなんで、大学で教わったことも役立ってるんですよ」

「そういうものなんですねえ」

海月さんがふむふむとうなずいた。

「そっかぁ。情報系……。アプリ作ったり、とか？」

鈴代さんが言った。

「う―ん、わたしはあんまりそういう現実的なことには興味がなくて……」

海月さんはそこで少し言い淀んだ。

「うまく言えないんですけど、あたらしい世界を作りたい、っていうか」

海月さんがそう言ったとき、蛍さんがはっとした顔になり、海月さんを見た。

「あたらしい世界？」

鈴代さんがまたしても目をぱちくりする。

「平たく言えば、ゲームなんですけど……。ゲーム世界でいろんなところに行けたらいいなあ、って思ってて……。わたしもけっこうゲームはするんです。あんまり反射神経よくないから、バトル系とかは好きじゃなくて、アドベンチャー系っていうんでしょうか、ファンタジー世界を旅するようなゲームです」

「知ってる。アートみたいな作品もあるよね。自分でやったことはないけど、人がやってるのをチラッと見て、音も素敵だし、すごくきれいだなあって思った」

「そうなんです。お小遣いに限りがあるし、ひとつのゲームをかなりしつこくやりこむ方なんですけど、やっぱりある程度経てば終わっちゃうし、世界にもかぎりがある。だから、それをもっともっと拡張できて、どこまでも広がっていくゲームができたら、って」

「どこまでも広がっていくゲーム？」

　陽一さんが訊いた。

「はい。いまはオンラインゲームで世界じゅうの人とつながれるじゃないですか。だから、世界じゅうのいろいろな風景を取りこんで、それこそさっきのプレーケストーレンとか、行ったことのないいろんな風景が次々に出てくるゲームができたら楽しいんじゃないか、って」

「なるほどねえ。とくに決まった目的とかは設けない、ってこと？」

陽一さんが訊く。

「なにかと戦ったり、集めたり、とかですよね？　その要素もあった方がいいとは思うんですけど、なくてもいいような気もして。だって、実際に旅に行くときって、別にそういうの、ないじゃないですか。旅に行くような感じで、そのゲーム世界を探検できて、空を飛べたり、海に潜ったりできたらいいなあ、って」

「さすが現代っ子ですねえ」

悟さんがうなった。

「あたらしい世界を作る、か。うんうん、やっぱり海月さんはスケールが大きい」

鈴代さんが大きくうなずいた。

蛍さんの話を聞いたときは、工学部でなにをしたいのか謎だったけれど、いまこうして聞いてみると、海月さんらしい、という気がしてくる。

「まだ見ぬ場所に行きたい、という気持ちは、人間の基本ですよね。僕は若いころはかなりいろいろな場所を旅行しましたし、引っ越しもくりかえしていて。ひとところに落ち着けない性格というだけかもしれませんけど」

陽一さんが言った。

「いや、それは陽一さんに行動力があったからで。わたしも若いころはいろいろなところに行きたいと思いましたが、実際に行けたところはほんのわずかですよ。あれも見たい、これも見たい、と夢想はしましたが」

直也さんが笑った。

「想像するのも楽しいんですけどね。でも実際に行くと必ず予想外のことがあって、やっぱり世界は広いなあって思うんですよ。ものの大きさとか、その場所の空気とか、匂いとか、食べ物の味とかね。行ってみないとわからないでしょう?」

陽一さんの言葉に、なるほど、と思う。

「わたしにとっては、読書がそういう冒険だった気がします」

蒼子さんが言った。

「本に没入すると、その世界が頭のなかに広がって、自分がそこにいるみたいな気持ちになったり、その人になりきったりして……」

「わかります。だから自分の好きな小説が映画化されたりして、イメージ通りじゃないとなんかがっくりきちゃったり」

鈴代さんが微笑む。

「自由に想像できるのはいいなあ、って思うんですけど、想像力って、ある人とない人がいるでしょう?　それによって世界の豊かさがちがっちゃうのはよろしくないな、と。それに、同じ風景を人と共有したい気持ちもあって……」

海月さんが言った。

「うんうん。ちょっとわかるような」

鈴代さんがうなずいた。

「あと、ゲームと本がちがうのは、自分で判断して動けるところなんです。それだって、だれかが作った世界のなかのことじゃないか、って言われるかもしれませんけど、作者が決めたひとすじの物語をたどっているだけなのと、自分で進む方向を決められるのとでは臨場感が全然ちがいますから」

海月さんはいつになく真剣な顔だ。

「たしかにそうだよね。ゲームは操作ができる。ゲーム制作者が決めた範囲であっても、操作できるっていうのは、脳に別の刺激を与えると思うし」

陽一さんが言った。

「わたしは本も読むし、子どもといっしょにゲームもする世代ですけど、別物だな、って思います。ゲームだと、自分がその世界にいた、っていう感覚が強烈に残る気がする。そこでなにかを体験した、って感じるからなのかなあ」

直也さんが宙を見あげた。

「でも、エンジニアになるのはまた別のたいへんさがあって、とにかく作業が多いんです。お金もかかるし。ゲーム開発もどんどん大がかりになってますから」

陽一さんが言った。

「海月さん、プログラミングはしたことあるんですか?」

「え、あ、はい……。まだ全然ゲームとかは無理なんですけど、とりあえずプログラミングってなにか知りたくて、こういうのを作ってみました」

海月さんがカバンからタブレットを取り出し、陽一さんに手渡す。

「ウェブサイトだね。へえ、これ、サイト作成サービスを使ったんじゃなくて、ちゃんと自分でコードを書いてるね」

陽一さんは画面をスクロールしながらそう言った。

「はい。まだちょっと不恰好で……恥ずかしいんですけど」

「え、どれどれ?」

鈴代さんも横からタブレットをのぞきこむ。

「なになに、『竜のいた国』? へえ、かっこいい~」

わたしも鈴代さんのとなりからのぞいてみた。暗めの背景に竜のイラストが描かれ、下には文章が記されている。

「まだ絵と文章があるだけで、作りたいものとは全然ちがうんですけど。絵は友だちが描いたんです。美大志望の子で、将来いっしょになにかできたらいいね、って話していて……。いまのところ、わたしは世界設定とシステムを担当してて……」

海月さんが言った。蛍さんもわたしの横から画面を見つめた。

「こんなの作ってたんだ……」

蛍さんがつぶやく。

「あ、お姉ちゃんには、完全にできてから見せようと思ってたから」

海月さんがバツが悪そうな顔になる。

「いやいや、こういうのはね、完成っていうのはないんだよ。公開したあとも手直しをくりかえして、どんどん成長させていくものだから」

陽一さんが笑った。

5

しばらくして航人さんの呼びかけでみんなまた連句に戻り、裏の花を終え、名残の表へ。ふたたび恋の座になって、秋の月へ。航人さんがわたしの月を取ってくれて、次には桂子さんの七七が付いた。

指先にのせてあかるく灯る月　　一葉
リーンリーンと鈴虫が鳴く　　桂子

「いい付け合いですね。裏のフィヨルドの月は凍るような冷たい月だったけど、こっちはほんのりあたたかい。鈴虫の声も、生きるものの切実さが匂い立つようで、よく合っている」

航人さんが言った。月の句を取ってもらったのもうれしかったけれど、桂子さんにこの句を付けてもらったことがなんだかうれしかった。

「さっきゲームの話が出てましたけど、連句も、むかしの人が考えた『別の世界にいくシステム』だったのかもしれないですねえ」

航人さんが言った。

「別の世界に？」

海月さんが顔をあげる。

「連句の句は、いまここにあるものだけじゃないでしょう？　ほんとにあったことだけじゃなくて想像の世界のことでも、別の時代のことを詠んだっていい。集まった人たちみんなの記憶や想像が次々とつながっていくんです」

「たしかにそうですよね。わたし、だから連句は楽しいと思ったんです。ゲームと同じで、自分の力で道を選べるような気がして……。そこに集まった人たちによって、どんどん形が変わっていく。そういうところがおもしろいなあ、って」

海月さんが言った。

「システム、という点でもね。連句の式目というのも、ゲームのルールとちょっと似たところがあって、それが縛りになるんだけど、だからおもしろい。連歌から踏襲したものもあるし、俳諧になってからアレンジされた規則もあるけど、長い年月をかけて、いろんな人が少しずつ手を加えて作ってきたシステムなんですよね」

航人さんの言葉にはっとした。

連句がシステム……。意表を突く言葉だった。でも、たしかにそうかもしれない。自他場に分けることも、打越とかぶらないようにすることも、季節をめぐることも、月や花の定座のことも。縛りではあるが、それがあるから連句に生きた流れが生まれる。

そして、ずっとむかしの俳諧も読み味わうことができる。

「江戸期には、芭蕉さんたちだけじゃなくて、ほんとにたくさんの人たちが連句を巻いていたんですよね。人が集まれば連句を巻く。そうしたひとつひとつの連句は残らないけど、形式は受け継がれてきた。それこそが連句の命であるかのように。形式というのもおもしろいものですね」

航人さんが言うと、みんななるほど、とうなずいていた。

そのあとの食事会の席で、蛍さんのとなりになった。海月さんはわたしたちとは反対側の席で、陽一さんとタブレットを見ながらなにか熱心に話している。

「一葉さん、この前は話を聞いてもらって、ありがとうございました」

蛍さんが言った。

「海月さん、ああいうことを考えてたんだね」

わたしは答えた。

「そうですね。びっくりしました。それに、ちょっと感動したんです。海月の『あたらしい世界を作りたい』って言葉に。もちろん、まだまだ夢だと思いますけど」

蛍さんはしみじみそう言った。

「わたしもあの言葉にどきっとした。すごいよね。そんなふうに思えるのって」

いつでもためらってばかりいたわたしにとって、あの言葉も、それを口にしたときの海月さんの表情も、とてもとてもまぶしかった。夢がある、夢を語れるって、すごいことだな、と思った。

「海月がちゃんと考えているのもわかりました。自分とはちがう世界を持ってるんだな、って。置いていかれたような気がして少しさびしいですけどね。でも、なんだかうれしかった」

そう言って、小鉢の豆腐をぱくんとつまむ。

「わたしもがんばらないと、って思いました」

蛍さんが笑った。

「そうだね」

笑ってうなずく。わたしも、と心のなかでつぶやく。

ムササビスーツを着て飛ぶことはできそうにないけど、連句のことも仕事のことも、もう一歩遠くまで踏み出してみたい。そんなことを考えていた。

まぼろしの店

1

七月の連句会の二次会の最後に、蒼子さんから次の会についての話が出た。

五月の会に参加した詩人の優さんから、遠足を兼ねてうちに遊びに来ませんか、という誘いがあったのだそうだ。優さんの家は調布《ちょうふ》市の深大寺《じんだいじ》の近くにあり、居間も広いので十人くらいなら連句も巻けますよ、と言われたらしい。

「優さんの自宅には奥さんの染織のアトリエもあって、そこで教室も開いてるんですって。優さんの教え子もよく遊びに来るとかで、十人くらいならリビングにはいれるから、一度うちで連句を巻きませんか、って」

「深大寺って、たしか近くに植物園もありましたよね」

鈴代さんが言った。

「神代《じんだい》植物公園ね。広くて大温室もあるし、立派なばら園もあるのよぉ。前にばらの時期にお友だちと行ったことがあるけど、素敵だった」

桂子さんが言った。

「ばら園！」

鈴代さんが目を輝かせる。

「ばらの見ごろは春と秋だから、八月だとあまり咲いてないと思うけど、どの季節にも見どころはあると思う」

「そうなんですね。行ってみたいけど、ご迷惑じゃないんでしょうか」

鈴代さんが言った。

「それは大丈夫みたい。八月は染織教室も大学も夏休みだから来客も少なくて、遊びに来てくれたらうれしい、とおっしゃってたから。ご旅行には行かれるみたいだけど、連句会の日とは重ならないし、遠足気分で深大寺や神代植物公園をめぐって、お蕎麦を食べてから巻くのもいい、深大寺や植物公園も案内しますよ、って」

「深大寺そばか……。いいですねえ」

直也さんが微笑む。

「遠足、いいと思いますよ。いつもとちがうところに行けば、ちがうものとの出合いがある。それに、深大寺には前々から行ってみたいと思っていたんです」

航人さんが言った。

「じゃあ、お願いすることにしましょうか。来月の会場は仮予約してあったんですけど、支払いはまだなのでキャンセルしときます」

蒼子さんが言った。

深大寺。行ったことはないが、大きなお寺だと聞いていた。それに植物公園と優さんの家……。みんなで散歩するのも楽しそうで、なんだかわくわくした。


連句会のあとはポップの仕事で忙しくなった。

生活雑貨の店「くらしごと」が店内で夏のフェアを開催するのと、羊歯《しだ》中心の園芸店「houshi」が百貨店の催事に出店することになったからだ。

くらしごとのフェアでは、夏にふさわしいガラスや錫《すず》の器がメインで、これまでにないアイテムがいろいろ出る。それであたらしいポップをたくさん書かなければならなかったし、フェア用の店内ポスターも頼まれていた。

houshiの方は、都心の大きな百貨店の催事スペースへの出店が決まり、houshiの世界観を伝えるためのリーフレットも作ろうということになっていた。催事は八月十日スタートだが、羊歯の写真がそろうまでに時間がかかり、ぎりぎりの進行になってかなりあたふたした。

七月末にはくらしごとのポップを完成させ、houshiのリーフレットの入稿も済ませたけれど、「あずきブックス」の方でも、通常業務のほかに次のイベントについての相談がはじまり、なにかと忙しい日々が続いた。

お盆にはいってほっと一息。あずきブックスにはまとまったお盆休みはないが、休日にはくらしごとのフェアやhoushiの催事にも顔を出した。どちらもにぎわっていて、浜崎《はまざき》さんも遠藤《えんどう》さんも忙しそうだった。お店が成長していることが実感できて、わたしもなんだかうれしかった。

八月の連句会については、その後、メッセージなどで連絡を取り合い、集合場所や時間が決まった。

八月半ばすぎで暦的には秋だけれど、日中はまだまだ暑い。植物公園を散策するなら朝早い時間帯の方がいいということで、朝八時半に調布駅に集合、そこからバスに乗って深大寺まで行く。バス停付近で優さんと落ち合い、お寺と植物公園を案内してもらうと決まった。

問題はお菓子で、八月のお菓子は「桃林堂《とうりんどう》」の「和ゼリー」。日持ちのするお菓子だが、真夏の日中に長時間持ち歩くのはさすがに不安である。蒼子さんに頼んで、お菓子を置いておける場所がないか優さんに訊いてもらったところ、それならあらかじめうちに送っていただくのはどうですか、という返事がきた。お言葉に甘えてお店から直接宅配便で届けてもらうことにした。

2

連句会当日、わたしが調布駅に着いたときには、すでに航人さん、桂子さん、蒼子さん、鈴代さん、陽一さんが待ち合わせ場所に集っていた。

お寺や植物公園をめぐるからだろうか、みんな足元はウォーキングシューズだ。桂子さんはアウトドアウェアで、いつもと全然雰囲気がちがうが、山好きというだけあってウェア姿もばっちり決まっていた。今日は悟さんはお休みで、直也さん、蛍さん、萌さんも順にやってきた。

全員でバスに乗り、深大寺へ。しばらくは住宅街らしい風景が続いたが、うちのあたりとも、いつも連句会が開かれている大田区のあたりともなんとなくちがう。土地が広々としているし、空が近い気がした。

バス停に着くと、優さんが待っていた。涼しげなブルーのシャツを着ていて、自分の地元だからだろうか、前に連句会に来たときよりリラックスした表情だった。

「うわぁ、観光地ですねえ」

鈴代さんが楽しそうにあたりを見まわす。参道は高い木々に囲まれ、古いお店が連なっている。

いちばん手前には「鬼太郎茶屋」もあった。水木しげるの「ゲゲゲの鬼太郎」をモチーフにした茶屋である。

店の前には鬼太郎とねずみ男の像が立ち、一階の屋根には鬼太郎の下駄、建物の壁にも絵が描かれている。まだ開店前らしく閉まっているが、ガラス戸からグッズなどがぎっしりならんだ店内が見えた。

「緑が気持ちいいですね。木がみんな大きいような」

蒼子さんが木々を見あげる。

「そうですね、古いお寺だからでしょうか」

鈴代さんがうなずいた。

参道の脇には蕎麦屋もたくさんならんでいる。

「お蕎麦屋さん、たくさんありますね」

萌さんが言った。

「そりゃあ、深大寺そばって言ったら有名だもの」

桂子さんが微笑む。

「そうですね、ここだけじゃなくて、バス通り沿いにもいくつもお店がありますし、この先、お寺の前に湧水が流れているんですが、その流れ沿いにもたくさんお店があるんです。お昼どきには行列ができますよ」

優さんが笑った。いまはまだどの店も閉まっているが、行列ができたらさぞにぎやかだろうなあ、と思った。

優さんが言っていた湧水の小川にかかった橋を渡ると、すぐに階段があり、のぼった先に茅葺き屋根の立派な山門があった。優さんの説明によると、元禄八年に建てられた、境内最古の建物なのだそうだ。はいると梵鐘《ぼんしょう》がかかった鐘楼《しょうろう》と、線香の煙があがる常香楼《じょうこうろう》。正面には本堂がそびえ、その手前に大きな木が立っていた。

「ムクロジの木ですって」

蛍さんが看板を読む。

「羽根突きの玉になる実がなる木ね」

桂子さんが言った。

「え、羽根突きの玉って、あの黒い部分ですか？」

蛍さんが目を丸くした。

「そうそう。あれはムクロジの実なの。とっても硬くて、ぶつけると鬼も退散する、っていう……」

「ええーっ、そうなんですか。木を削って黒く塗ってるんじゃなかったんですね」

「そうよぉ。それに、果汁は泡立って、むかしは石鹼として使ってたのよ」

桂子さんがふぉふぉふぉっと笑う。世の中知らないことばっかりだなあ、と思う。

「あああっ、あれ！」

そのとき、鈴代さんが声をあげた。

「『なんじゃもんじゃの木』って書いてある！」

鈴代さんの指さした先にも大きな木が立っていて、その前に「なんじゃもんじゃの木」という看板があった。「なんじゃもんじゃの木」と言えば、この連句会の名前となった「ひとつばたご」の異名である。

つまり、あの木がひとつばたご？　前に連句会で聞いた話では、雪のように真っ白な花が咲くということだった。花が咲くのは五月のはじめだから、いまはただ緑の葉が生い茂っているだけだが、ひとつばたごの木であることにちがいはない。

航人さんがなんじゃもんじゃの木に向かって歩き出し、みんなそのあとを追った。

——それに、深大寺には前々から行ってみたいと思っていたんです。

航人さんのうしろ姿を見ながら、深大寺に行く話が出たときの言葉を思い出した。もしかしたら、航人さんはこのことを知っていて……？

木の前で止まった航人さんに話しかける。

「航人さん、この前、深大寺に行きたいっておっしゃってましたけど、この木を見たかったからなんですか？」

「よく気づきましたね。そうなんです。深大寺にあるっていう話は前に聞いたことがあって……」

航人さんは木を見あげたままそう答えた。

「そうか、ここにもあったんですねえ」

蒼子さんがやってきて言った。

「ほぉんと。前に来たときは植物公園だけだったから、気がつかなかった」

桂子さんも木を見あげる。

「そうか、なんじゃもんじゃの木のほんとの名前はひとつばたごでしたね。連句会の名前の由来の木なのか。気がつかなかった」

優さんがつぶやく。連句会の名前の由来……。

優さんは、航人さんとその師である冬星《とうせい》さんの話を知らない。ひとつばたごは冬星さんの故郷の木なのだ。ひとつばたごという名前は、航人さんが冬星さんを偲んでつけたもの……。

そして、蒼子さんの旦那さんの茂明さんのことも。亡くなった茂明さんは、いつかひとつばたごの花を見に行きたいと言っていたと聞いた。

いまここで優さんに語るには長すぎる話だけれど、この木は、ひとつばたごの人々をつなぐ木なのだ。

「今度は花の咲く時期に来てみたいですね」

　直也さんが言った。

「花が咲く時期には東京消防庁の音楽隊が『なんじゃもんじゃコンサート』を開くんですよ。コンサートを聴きに来たことはないんですが、白い花が咲いているのは見たことがある。雪が降ったみたいで、ほんとうにきれいでした」

　優さんも木を見あげた。


　本堂にお参りしたあと、寺の境内をめぐった。あちらこちらに句碑や歌碑が立っていて、有名な中村草田男《なかむらくさたお》の萬緑《ばんりょく》の句や高浜虚子《たかはまきょし》の像と句碑もある。むかしから文学にもゆかりの深い場所だったんだなあ、と思う。

　優さんの案内で本堂の横から出て、坂をのぼる。この先に神代植物公園があるらしい。少しずつ日が高くなり、暑くなってきた。カナカナカナ、とひぐらしの声が響き渡っている。

　入場券を買い、植物公園にはいった。

「木がたくさん……」

　鈴代さんがぼそっと言った。園内には高い木がそびえ、木陰を作っている。

「そうですね、古い施設ですから。開園したのは一九六一年ですけど、緑地として造成が始まったのは一九四〇年です」

優さんが答えた。よく見ると種類のちがういろいろな木が生えているみたいだ。その下の草はある程度刈りこまれているようだが、小道を歩いていると、武蔵野の雑木林とはこういうものだったのか、と少しわかった気がした。

ときどき種の名札がついた木もあり、あたりまえのことだけれど、どの木にも名前があるのだと思う。コナラ、イヌシデ、クヌギ、アラカシ……。

歳時記のなかで花や実の名前として見た覚えがある木もある。これまで季語としてしか認識していなかった植物に、ちゃんと実体があるのだと気づいた。

季語は記号じゃないんだ、と思う。どれも実際に存在しているものの名前だ。気象、天象、植物、虫、鳥、動物、農作物、食べ物、行事、衣服に調度品、かつてはみんな身近に存在していて、むかしの人はこの豊かな世界と向き合い、そのひとつひとつを感じながら句を作っていたんだ。

連句をはじめて、歳時記を見ながら、ああ、これはこの季節のものだったんだ、などと知ることが増えた。でも、ほんとは逆なんだ。世界のなかで季語と出合う。句はそこから生まれる。

——いつもとちがうところに行けば、ちがうものとの出合いがある。

航人さんの言葉を思い出し、その通りだと思った。

ばら園をまわり、大温室を見て、つつじ園から山野草園、築山をながめ、はぎ園へ。盛りは九月ごろからという話だったが、はぎ園にはヤマハギやツクシハギ、ミヤギノハギ、ソメワケハギといった、さまざまな萩が植えられている。

紫の花がちらほらと咲き、風に揺れている。わたしは前から萩の花が好きだった。しなやかな茎についたたくさんの小さな花が、秋という季節をよくあらわしているように思える。

はぎ園から出たとき、優さんが大きな木に近寄っていくのが見えた。幹をなでながらなにか話している。そういえば、園内で、何度か同じようなことをしているのを見た。その仕草がずっと気になっていて、近寄って話しかけた。

「さっきからときどき、大きな木の幹をなでてますよね」

「ああ、すみません、つい癖で」

優さんがにこっと笑う。

「わたしはここが好きでね、週に一度はひとりで来るんです。年パスも持ってる」

そういえばさっき入口で優さんだけ入場券を買わず、窓口になにか見せて通っていた。あれは年間パスポートだったのか。

「週に一度？」

「そう。散歩というか、考えをまとめたりしにね。ただぼんやり園を一周して……。でも、そのとき必ず、馴染みの木にはあいさつすることにしてるんです」

「馴染みの木？」

「あ、いや、馴染みって言っても、どの木もいつもここにあるんですけどね。そのなかでもとくに気が合うというか……。見ていて気になる木っていうんでしょうか。決まった木にあいさつして、少し話す」

「話す……⁉」

驚いて訊いた。

「いや、それも、こっちが話している気になっているだけか。でもね、長いこと通っていると、馴染みのように思えてくるんですよ。仕事が立てこんで来られないときなんかは、早く行って木にあいさつしないと、っていう気分になって」

優さんが笑った。目尻に深い皺が寄る。やっぱり詩人だ……。ふつうの人とは考えることがちがう。

「若いころはそういうのは人が相手だったんですが、この年になると、人には数年会えなくても大丈夫な気がしてくる。それに、遠出するのも疲れるようになって」

優さんははは、と笑った。

「妻には怒られるんですけどね。まだ遠出が疲れる年じゃない、出不精になると老ける、って。だからちゃんといろんな会にも足を運ぶようにしてるんですけど。でも、そこではきちんと意味のある話をしないといけないでしょう？」

「それは、そうですね」

答えながら、不思議な人だなあ、と思った。

「ただ会って、あいさつする。木が相手だとそれができるんです」

「少しわかります」

横から声がして、見ると蛍さんがいた。鈴代さんと萌さんもいる。

「ほんと？」

優さんが蛍さんを見る。

「はい。わたしも自分の家の庭の植物に話しかけることがあるんです。なんだか心が落ち着くっていうか……」

「君みたいに若くても、そういうことがあるのか。同志だね」

優さんが笑って言うと、蛍さんがうれしそうに、はい、とうなずいた。

3

植物公園を出ると、お昼はうちでどうですか、と優さんが言った。

「え、それはさすがに……」

蒼子さんが戸惑った顔になり、桂子さんと顔を見合わせた。

「いえ、その方がわたしにとってもいいんです。蕎麦屋はたくさんあるけど、どこも混んでましてね。うちで食べた方がたぶん落ち着きます。蕎麦はもう買ってありますし、あとは茹でるだけ。海苔とナスの揚げ浸しと大根おろしと薬味くらいしかないですけど、それでよければ」

優さんが言う。

「そしたらお邪魔しましょ？　せっかくご準備いただいているんだもの」

桂子さんが笑った。

「そうですよ。わたしたち夫婦だけではとても食べきれませんから」

優さんがうなずいた。

「申し訳ありません。そうしたら今回はお言葉に甘えて」

航人さんが言った。


優さんの家は、通りを渡ってしばらく歩いた場所にあった。ここをこのままままっすぐ進むと国立天文台、左に行くと調布飛行場があるという話だった。

「天文台ですか？」

蛍さんが首をかしげる。

「むかしの東京天文台ですね」

直也さんが訊く。

「ええ、そうです。むかし麻布にあったのものが一九二四年にこちらに移転してきて……。一九八八年に国立大学が共同で利用する『国立天文台』になったとか」

優さんが答えた。

「東京の住宅地のなかに天文台があるなんて、知りませんでした」

蛍さんが言った。

「いえ、いまは使われていないものがほとんどです。現在では実際の観測は、長野県の野辺山《のべやま》や沖縄県の石垣島、それからハワイやチリの施設でおこなっているんですが、この三鷹の天文台にはその本部がある。それに歴史的な施設がいくつも残っていて、見学できるようになってるんです」

「前に来たことがあります。敷地も広いですし、緑の中にそびえる建物がうつくしい。たしか建物もみんな登録有形文化財なんですよね」

直也さんが言った。

「ええ。大正から昭和初期に建てられた歴史的建造物ですから」

優さんによると、緑の敷地のなかに、「大赤道儀室《だいせきどうぎしつ》」、「アインシュタイン塔」、

「太陽塔望遠鏡」とも呼ばれる「太陽分光写真儀室《たいようぶんこうしゃしんぎしつ》」、「ゴーチェ子午環室《しごかんしつ》」など、むかしの観測装置や建物がたくさん残っていて、一部の施設では観測を体験できるのだと言う。

そういえば、以前読んだ優さんの詩集の一編に、ゴーチェ子午環室という言葉が出てきたのを思い出した。詩のなかに「星の位置を定める」と書かれていて、なんのことだろう、と思っていたが、天文台の施設だったのか。

調布飛行場の方も、そんな飛行場があるなんてまったく知らなかったが、東京都営空港のひとつらしい。

「前にね、妻とそこから飛行機に乗ったこともあるんですよ。十五年くらい前だったかなあ」

優さんが笑った。

「飛行場の建物のなかに『プロペラカフェ』っていうレストランがありましてね。窓の外に飛行場が見えて、なかなかいい店なんですよ。ときどき妻とランチに来ていて、あの飛行機ってだれでも乗れるのかなあ、なんて話していて……」

「操縦訓練や航空写真撮影用のセスナ機に利用されてるみたいですけど、定期的な運行路線もあるみたいですね。伊豆諸島に行く小さな飛行機だと聞いた気が」

直也さんが言う。

「ええ。大島、新島、三宅島、神津島《こうづしま》。どれも定員十九人の小さな飛行機です。ある日遅めのランチに来たときに飛行場の人にそのことを聞いて、午後の便に空席があるみたいだってわかって、そしたら妻が乗ってみようか、って言い出して」

「ええっ？」

蒼子さんと鈴代さんが同時に言った。

「いまだったら切符買えるみたいだって言われて、じゃあ、買っちゃおう、って。でも、もう飛行機出るまでに三十分もなかったんですよ。ランチに来ただけですから、財布と携帯と鍵くらいしか持ってない。荷物取りに帰る時間なんてないから、そのまま体重はかって飛行機に乗って……」

「体重をはかる？」

「ええ。小型機だからバランスが大事らしくて、乗客も荷物もみんな重さをはかるんですよ。それでそのまま大島まで行っちゃった」

「すごーい」

鈴代さんが手を叩く。

「おもしろかったなあ。大型のジェット機とは全然ちがうんですよ。音もうるさいし、離陸するときも機体が傾いたときも、身体にダイレクトに伝わってくる。飛ぶ高度も低くて街がよく見えて、鳥に近い感覚、って言うんでしょうかね」

「そうなんですかあ」

蛍さんが宙を見あげた。

「でも、着替えもなにもなかったんですよね。別の日に出直そうとは思わなかったんですか？」

蒼子さんが訊いた。

「いや、そのときは勢いで。きっといったん家に帰っちゃったら、行かなかったと思うんです。大島がどんなとこかもわかってなかったし、宿も向こうに行ったらなんとなるだろう、って感じでした。宿は取れたんですよ。それで一泊して、着替えはどうしたんだっけなあ。翌日はレンタカーで島を一周して、帰りはふつうに羽田に帰ってきたような……。あ、着きました。あそこです」

優さんは一軒先の家を指さし、歩いていく。黒い金属の低い門の前で立ち止まると、「広田」と表札があり、門の向こうに大きな庭が見えた。鬱蒼とした緑の向こうに、茶色い建物がある。昭和期に建てられたような、古い木造の家だった。

「こちらです、どうぞ」

優さんはそう言って、門を開けた。玄関までまっすぐに石畳が続いている。

「お庭、広いですねえ」

鈴代さんが庭の方を見た。周囲には木も植えられていて、ところどころに野鳥の餌台のようなものが置かれていた。

「ただいまあ」

玄関にはいると、優さんが奥に向かって声をかけた。遠くから返事があり、女の人が出てきた。Tシャツとジーンズ姿のすらっとした人だった。長い髪を後ろでひとつに束ねている。

「いらっしゃいませ、どうぞ。優の妻の清海《きよみ》です。わたしはそろそろ出かけてしまうんですが、ゆっくりなさってくださいね」

彼女は低い声でそう言って、微笑んだ。

「お邪魔します」

航人さんや桂子さん、直也さんが次々に靴を脱ぎ、家にあがる。わたしたちもそのうしろについていった。玄関をはいってすぐのところに広々とした居間があり、窓から外の庭がよく見えた。壁には何枚か小さな銅版画が飾られ、棚にはきれいな色の布がかかっていた。

「素敵なお家ですね」

蛍さんが息をのむ。

「古いですけどね。親戚から譲り受けたもので……。まあまあ、どうぞ、かけてください。いまお茶を持ってきますから」

清海さんは笑ってそう言って、居間を出ていく。優さんにもうながされ、みんな大きなダイニングテーブルの前に座る。ほどなく、清海さんがお盆に麦茶のはいったガラスのポットと、重ねたグラスを載せて戻ってきた。

「じゃあ、こちらに置いときますから、あとは自由にお願いしますね」

にこっと笑ってそう言ったあと、優さんの方を向く。

「お蕎麦、茹でるんでしょ?」

「もちろん」

優さんがうなずいた。

「そしたら、運ぶの手伝います。ほかにもできることがあれば……」

わたしはそう言って立ちあがった。

「まあ、とりあえずお茶飲みましょうか。茹でるのはそれから」

優さんが笑った。

室内は冷房が効いていて涼しく、お茶を飲んで一休みすると、汗も引いてきた。清海さんは気さくな人で、これから仕事があるのだと言って、お茶を一杯飲むとすぐに出かけていってしまった。

清海さんが出たあと、優さんは台所に行って大きな鍋ふたつにお湯を沸かしはじめた。優さんも清海さんも大の蕎麦好き。この家には優さんの学生や、清海さんの教え子たちが集まることも多く、よく蕎麦を茹でるのだそうで、大鍋はふたつ、ざるもたくさんあるらしい。

冷蔵庫にあった茄子の揚げ浸しとすりおろした大量の大根は、蒼子さんと鈴代さんが器に盛りつけ、蕎麦つゆは陽一さんが蕎麦猪口に入れて居間に運ぶ。直也さんは器や蕎麦猪口、箸を席にひとつずつセットした。

優さんは茹であがった大量の蕎麦を水に通し、手際よくざるに盛りつけていく。蛍さんとわたしはできあがったものから居間に運んでいった。

蕎麦と蕎麦つゆはこの近くの優さんの馴染みのお蕎麦屋さんで買ったもので、ほんとはその店で食べるのがいちばんおいしいんだけど、お昼時にこの人数ではいろうと思ったらかなり待たないといけないから、と言う。

だが、優さんが茹でた蕎麦は茹で具合も絶妙で、コシもあってとてもおいしかった。前日に作っておいたという茄子の揚げ浸しも絶品で、大葉や大根おろしと合わせるといくらでも食べられそうだった。

「清海さん、素敵な人ですね」

みんなが食べ終わったころ、蒼子さんが言った。

「今日はお仕事っておっしゃってたけど、いつか連句にもお誘いしたいですね」

「いえ、今日もね、誘ってはみたんですよ。でも、わたしは文学的なことにはまるで才能がないから、って逃げられちゃって」

優さんが笑う。

「ええー、そうなんですか。ちょっと残念」

鈴代さんが言った。

「清海さん、わたしの想像とは少しちがって、意外でした」

萌さんが言った。

「そうですか？　どんな人を想像されてたんですか？」

優さんが訊く。

「うまく言えないんですが、ものしずかで線が細い感じ、って言いますか……」

萌さんが首をかしげた。

「あ、わかります。わたしもそう思ってました！　だからさっきの飛行場の話を聞いたときけっこう驚いて……」

鈴代さんが笑った。

「そうなんですよ、わたしもあの話のとき、あれ、イメージとちょっとちがうぞ、って、だんだん像を結ばなくなってきて……」

「なるほどね、たしかに線は細くないですねえ」

優さんが笑った。

「どちらかというと、生きる力に満ちた方ですね」

直也さんが言った。

「染織をされてる、っておっしゃってましたもんねぇ」

桂子さんが微笑む。

「そう、その染織というのでなんとなく繊細なイメージがあって……」

萌さんが言った。

「いやいや、染織はけっこう力仕事なんですよ。とくに妻は草木染めをしてますからね。天然の材料を使うんです。手にはいりにくいものは購入するんですが、木や草を自分で採りに行くこともあります」

「え、自分で？」

萌さんが目を丸くした。

「庭で育ててらっしゃるものもあるんじゃないですか？　さっき庭を通ったとき楊《よう》梅《ばい》や槐《エンジュ》が見えて、これは染めに使うのかな、って思ってたんですよ」

桂子さんが言った。

「そうなんです、よくご存じですね」

「友人で草木染めを習っている人がいるんです。栽培できないものもあって、そういうのは山や野原に採りに行かなくちゃいけないとか……」

「ええ。教え子たちを連れて、大きな鎌とか持って出かけることもしょっちゅうで。作業着に長靴、帽子に手ぬぐいみたいな格好でね」

「線が細くちゃできない仕事ですね」

桂子さんが笑った。

「だから、わたしなんかよりよっぽどたくましいんですよ。山歩きも好きだし。植物にくわしくて、つきあいはじめたころ、いっしょに山を歩くと木や草の名前を教えてくれた。そのころのわたしは家で文字ばかり読んでましたからね。文字ばっかり見っててよく飽きないわね、って言われました。わたしが植物に興味を持つようになったのはそのころからです」

「おたがい、ちがうところがあるからいいんでしょうね」

桂子さんがふぉふぉっと笑うと、優さんは、そうですね、と照れ笑いした。

4

器を片づけ、一息ついたところで連句スタート。

桂子さんが持ってきた短冊をテーブルに置き、みんなも歳時記と筆記用具、ノートを取り出す。会議室みたいにホワイトボードがないので、蒼子さんがカバンから折りたたんだ紙を取り出し、広げた。A3のコピー用紙だ。

なんだかんだでもう二時を過ぎている。航人さんが、時間も少ないし、今日は半《はん》歌仙《かせん》にしておきましょうか、と言った。いつも巻いているのは三十六句つなげる歌仙という形式。半歌仙はその半分の十八句である。

発句は秋。あれだけ暑かったが、立夏は過ぎたから暦の上では秋である。今日は深大寺、植物公園といろいろなものを見てきたので、句にできそうなものはたくさんある。でも、やっぱり萩がいいな、と思った。

萩の花が風に揺れている感じ……。小さい花がたくさん揺れているあの感じを句にしたい。萩の花、風、と指を折って数える。

短冊にあれこれ書きつけるうちに「連れ立って今年の萩に会いにゆく」という句ができた。これまで時間がかかって発句を出すのが間に合わないことが多かったが、今回はまだそんなに短冊は出ていない。どきどきしながら、思い切って航人さんの前に短冊を置いた。

「ああ、いいですね。はぎ園、きれいでしたし、こちらにしましょうか」

航人さんにそう言われ、うれしくなった。

一月の連句会ではじめて発句を取ってもらって以来、二回目だ。連句には慣れてきたけれど、発句だけは別物のように思っていた。ほかの句とちがってなにもないところから作らなくちゃいけない。でも、今日外を歩いていて、そうじゃないんだ、と気づいた。

世界に向き合って作ればいい。

わたしはひとりで存在しているんじゃなくて、この世界にあるたくさんのものに囲まれている。そのなかで季語と出合う。木でも草でも虫でも、目を凝らせば、それまで知らなかったものが見えてくる。

だから季語は一句にひとつなんだ。あれもこれもじゃない、ひとつと徹底的に向き合う。

発句は最初の句。だからだれの句にも付いてない。目の前に広がるこの世界に付けるもの。だから当季の句なのだ。そうして、その部分だけを切り離したのが俳句なのかもしれない。

俳句になぜ季語が必要なのか、高校や大学で習った気もするが、なんだかはじめてそのことが理解できた気がした。

いつのまにか航人さんの前には次の短冊がならんでいて、脇には蒼子さんの「そぞろ歩きに響くひぐらし」が付いた。萩の園に響き渡るひぐらしの声。さっきの植物公園の風景が目に浮かび、その場にいるような気持ちになった。

「たしか、ほかの季節からはじまった場合は月は五句目あたりになるけど、秋からはじまる時は五句目まで引っ張らず、脇や第三で月を出すんでしたよね？」

萌さんが言った。

「そうですね。発句や脇で月を出してもいい。五句目まで引っ張るのはちょっと遅すぎるから、次の第三で月をあげたいですね」

航人さんが微笑む。

「もう植物公園の風景からも離れた方がいいんですか」

優さんが訊いた。

「そうですね。第三は、発句・脇とは切れた方がいいんです。連句は前の句と付くことが大事だけど、ここは距離がうんと遠くていい」

「なるほど……。表六句はなかなかむずかしいですね」

優さんがうなった。

みんな短冊に向き合い、ペンを動かす。いつもならわたしもここで必死に句を考えているところだが、今日は発句を取ってもらったから余裕である。居間を見まわし、あちこちにかかっているきれいな色の布を見つめた。

あれが清海さんの染めた布なんだろうか。草木染めということは、どれもなにかの植物で染めたものということだ。生きている植物から色を取り出す。むかしの人もそうやって布を染めていたと聞いたことがある。色を纏《まと》うために、装うために、植物を採る。人はそうやって自然からいつもなにかを受け取って生きている。

「さて、いろいろ出てきましたね」

航人さんの声で我にかえり、テーブルの上を見ると短冊がたくさんならんでいた。

「今回はこれにしましょうか。鋭い感じがして、とてもいい」

そう言って、航人さんが短冊を取り出す。そこには「月光が天文台を照らしゐて」とあった。陽一さんの句らしい。

「これは国立天文台の話から発想されたんですね」

航人さんが訊くと、陽一さんがうなずいた。

連れ立って今年の萩に会いにゆく　一葉
　そぞろ歩きに響くかなかな　蒼子
月光が天文台を照らしゐて　陽一

「天体を観測するための天文台が、天体に照らされている。そこがいいですね。人間の小ささが感じられる気がして」

蒼子さんが大きな紙に書いた句をながめながら、優さんが言った。

「しかし、月や花を賞美するというのも、実に不思議なものですね。欧米の詩では、ある詩人がひとつの語にこだわることはあっても、全員で同じものを取りあげるという習慣はないでしょう」

「そうですね。強いて言うなら、神のような存在でしょうか」

直也さんが答える。

「たしかに『神』が出てくる詩は多いと思いますが、それも詩人自身が内的に決めていくことで、外から定められているわけではないですよね。連句では、月や花がくりかえし詠まれ、そのときどきの月、花以上の大きな存在になっている」

優さんは宙を仰ぎ、もう一度、不思議だ、とつぶやいた。


それから直也さん、桂子さん、蛍さんの句と続き、表六句が終了。あらかじめ送ってあった和ゼリーの箱を優さんが出してきてくれた。

優さんはコーヒーにもこだわりがあるみたいだ。和ゼリーならお茶ではなくコーヒーとも合うと思います、と言うと、じゃあ、コーヒーにしましょう、とうれしそうに立ちあがった。

冷蔵庫から保存容器を取り出し、豆を電動ミルに入れる。こちらも大人数で飲むことが多いのか、かなり大型の機械だ。があああっと豆を挽く音が聞こえてくる。

鈴代さんとわたしで優さんに言われた棚からカップを取り出し、お盆の上にならべる。ほどなくしゅうしゅうとお湯の沸く音が聞こえ、優さんがドリップをはじめた。コーヒーのいい匂いが漂ってくる。

「今日はいつもの会にくらべて、いやに優雅だねぇ」

鈴代さんがにこにこ笑う。

「ほんとですね。カップもおしゃれですし……」

優さんの家のカップは日本の焼き物らしく、陶器みたいだが薄くてつるっとしている。自然な土の色のなかにきれいな青がグラデーションではいっていて、これも清海さんの趣味なんだろうか、それとも優さんの趣味なんだろうか、と想像をふくらませてしまった。

優さんが慣れた手つきでカップにコーヒーを注ぎはじめる。さすがに一度ではドリップできなかったようで、できたところまでをまず居間に運んだ。

居間のテーブルには、和ゼリーの箱が置かれ、ひとり一枚ずつ小さな銀色の取り皿が置かれていた。錫《すず》でできたものらしく、涼しげだ。

やっぱり器がいいとおいしそうに見えるよなあ。この前の水ようかんのことも思い出した。水分も多いし紙皿というわけにはいかないと考えて持っていったが、漆の器の赤に水ようかんの黒が映えて、とてもきれいだった。

　二度目のドリップが終わり、テーブルにすべてのコーヒーがならぶ。色とりどりの和ゼリーを取り分けながら、祖母がこのお菓子を食べるとおしゃれな気分になれる、と言っていたのを思い出した。

　お菓子を食べるたびに、祖母のことを思い出す。ひとつぼたごに持ってくるお菓子はもちろん、うちで日ごろ食べるお菓子でも。ひとつひとつに祖母の記憶が宿っていて、お菓子を見るたびに記憶がよみがえる。

「うーん、おいしいですね、このコーヒー」

　陽一さんがうなった。

「そうですか？　そう言ってもらえるとうれしい」

　優さんが微笑んだ。

「おいしいですよ。僕もコーヒーが好きで、けっこういろいろな店で飲みますけど、ここまでおいしいコーヒーを出す店はなかなかないと思います」

「ほんとですねえ。お店で飲んでおいしいと思った豆を買ってきても、うちで淹れるとそこまでおいしくなかったり……。でも、これはほんとにおいしいです」

　鈴代さんが言った。

「ありがとう。豆の保存も挽き方もドリップの仕方も、かなり研究したんです」

優さんが言った。

「毎日必ず飲むものですから、家でも納得のいくものを、と思いましてね。それに最近はこの家にいる時間が多くなりましたから。以前は週末ごとに映画だ、美術鑑賞だ、って都心に出ていましたけどね。人と会ったり、古書店をぶらぶらめぐったり、街に出るといくらでもすることがあった」

「いまは行かないんですか？」

蛍さんが訊く。

「そうですねえ、大学の授業が週に二度あって、たまに翻訳の仕事で外で打ち合わせをすることもありますが、それ以外はたいてい家で仕事してます。本を読んだり、調べものをしたり。庭の手入れもしますし、週に一度は植物公園に行って……。ほとんどこのあたりで完結してますね」

優さんが笑った。

「どうしてですか？」

蛍さんが詰め寄る。

「うーん、どうしてだろうなあ。ここで充足してるっていうことかなあ……」

優さんの言葉に、なるほど、と思う。この緑豊かな土地に住んでいたら、景色を見ているだけで満ち足りた気持ちになれるのかもしれない。

「都心に自分の好きな場所が少なくなってきているのもあるかもしれませんね。気に入っていた店がなくなって、街の雰囲気もどんどん変わっていくでしょう？」

「ここ十年二十年で、高いビルが増えて東京の街はどこもだいぶ景観が変わりましたよね。東京駅や日本橋、銀座のあたりも……」

蒼子さんが言った。

「そうよねぇ。渋谷もずいぶん変わったでしょう？　駅の周辺も作り替えられて、この前久しぶりに行ったら、自分がどこにいるのかわからなくなっちゃった」

桂子さんが笑った。

「秋葉原や原宿なんかも変わりましたよね。ごちゃごちゃしたところがどんどん整理されて、きれいになって……。ちょっとさびしいような」

直也さんも苦笑いする。

「街は変わっていくものだし、きれいになって使いやすくなるのはいいことだってわかっているんですが。でも、わたしが行く前から続いていて、これからもずっとあると思っていたものがなくなってしまうと、やっぱり衝撃を受けますね」

優さんが言った。

「え、あの店が……！　ってなりますよねぇ」

鈴代さんがうなずいた。

「好きな喫茶店も減りましたし」

　優さんが言い足した。

「喫茶店？」

　萌さんが首をかしげた。

「むかしは映画に行っても美術館に行っても、帰りに必ず喫茶店に寄った。映画の世界からいきなり現実に戻れなくて、一息つく場所が必要だったんです」

「それは、なんとなくわかります」

　蒼子さんが言った。

「だけど、最近はどこに行ってもカフェばかりでしょう？　むかしはたくさんあった、少し薄暗くて、しずかで、カウンターでマスターがコーヒーをドリップしてる、みたいな店があまりなくなってしまった。建物は元のままでも、店の雰囲気が変わってしまっていたりで」

「薄暗くて、しずか……？」

　蛍さんが不思議そうな顔になる。

「蛍さんの世代だと、コーヒー飲むって言ったら、あかるい感じのカフェですよね。それにドリップじゃなくて、エスプレッソマシーン」

　直也さんが笑った。

「チェーンのお店にはいることが多いんですが、ときどきお気に入りのカフェにも行きますよ。窓が大きくて、観葉植物がたくさんあるお店で、そこのラテアートが大好きなんです。たまの贅沢ですけど」

「そうだよね、いまは開放的であかるい感じのお店の方が多いよねぇ。けど、むかしはそういう薄暗い感じの喫茶店が流行ってたんだよね。内装も家具も調度品もクラシックな感じで、カップもウェッジウッドとかロイヤルコペンハーゲンとかのヨーロッパのブランド品を使ってて……」

鈴代さんが言った。

「それで、コーヒー一杯千円とかする……」

萌さんが笑った。

「ええっ、千円？」

蛍さんが驚いたような顔になる。

「そうよぉ。しかもいまより少し物価が安かったころの千円でしょう？　ホテルのラウンジ並みよねぇ」

桂子さんが笑った。

「そんなお店にはいる人、いたんですか？」

「いっぱいいたわよぉ。当時はコーヒー代じゃなくて、半分以上場所代、って言われてたし、あのころはまあ、景気もよかったしね」

「そうですね、街のなかで落ち着ける場所っていうんですかね。店内はいつも薄暗くて、なかがさりげなく仕切られていて、となりの席とは少し距離がある。デートに使う人もいたし、ひとりで本を読むこともできたし……。ああ、でも、最近はみんなカフェでひとりでゆったり、なんていう時間も取れないのかなあ。カフェでもパソコンやスマホで仕事してる人が多いし」

　直也さんは腕組みして、光景を思い描くように天井を見あげた。

「わたしの行く店はそこまで高い店じゃなかったけど、やっぱりそれなりの値段でしたね。でも、そこでしか得られない雰囲気があって……。街ごとにお気に入りの店があったから、用事が終わったあとそこに寄るのが楽しみだったんですよ」

　優さんが言った。

「わかります。わたしもそうでした」

　蒼子さんがうなずいた。

「優さん、さっき古書店をめぐったり、っておっしゃってましたけど、神保町に行かれることもありましたか」

　陽一さんが訊いた。

「ええ。神保町には仕事でよく行ってましたよ。翻訳の仕事でお世話になっている出版社があの近くにあるので、いまもときどき。古書店を見る楽しみもありますしね」

優さんが答えた。

「そしたら、あのあたりの喫茶店にもくわしいですか？　実はむかし一度行って気になっていた店があって……」

陽一さんがさらに訊く。

「あのあたりは喫茶店も多いからねえ。わたしは神保町交差点の近くの壹眞《かづま》珈琲店《コーヒーてん》に行くことが多かったけど……。どんな店なんだろう？」

「そうですね、古い感じで……」

「靖国通り沿い？　それともすずらん通りかな。そのあいだの小道にもいろいろあるよね？　ラドリオとかミロンガとかさぼうるとか」

さぼうるというお店はわたしも知っている。前に神保町にくわしい友人と出かけたときにいっしょにはいった。れんがと木でできた手作り感のある内装に、古くからのお客さんの落書き。レトロで独特の雰囲気の店である。

ラドリオ、ミロンガというお店も、外からだけどちらっと見た気がする。

「いえ、そっちじゃないんです。白山通りをはさんで反対側で……」

「小学館がある方？」

「連れて行ってもらった店なので、どうも位置がはっきりしなくて。靖国通りをはさんで、小学館のある側だったか、それとも水道橋に近い方だったのか……。店の名前も思い出せなくて。ちょっと変わった名前だとは思ったんですが」

陽一さんは途切れ途切れに言う。

「それはいくらなんでもむずかしいんじゃないですか？」

直也さんが笑った。

「すみません。なにしろそれ自体がもう二十年近く前の話なので」

「二十年前？」

陽一さんの言葉に、優さんが身を乗り出した。

「すごく特徴的なお店だったんですよ。喫茶店なんだけど、洋風というより、和風というか……」

「和風？　ああ、そういうタイプのお店もありましたよね。ヨーロッパの食器じゃなくて、九谷焼みたいな染付の器を使っているような……」

蒼子さんが言った。

「民藝的なお店ですね。日本の地方で作られた家具なんかを使っていて、店名が漢字で、看板が木彫りだったりするような」

直也さんがうなずく。

「いえ、それがそういうのともまたちょっとちがう雰囲気だったんですよ。どう言ったらいいんだろう……？」

陽一さんが考えこむ。

「当時は僕もまだ大学生で。ゼミの先生に連れられて、神保町の古書店散策に来たことがあったんですよ。前にもお話ししましたが、僕はもともと理系と文系の中間のような学部にいて、そのときは先生が古い地図を探しに行くとかで……」

陽一さんによると、陽一さんは先生の荷物持ちとして神保町にやってきて、地図を扱う古書店を数軒まわり、先生が探していた地図を見つけたあと、お茶でも、と言ってその店に連れてこられたらしい。

「細い路地に面していたんですよね。まわりもわりと古い建物ばかりで。だけど、その店だけなにかただならぬ気配で。風情のある古民家で、はっきり覚えてないんですけど、入口のまわりは緑に覆われていて、店の前に行灯《あんどん》が出てるんです。窓には葦簀《よしず》のようなものがかかっていて……」

陽一さんは記憶をたどるように、目を宙に泳がせる。

「老舗割烹かなにかかと思っていたら、先生が『ここだよ』って言って。その行灯を見たらたしかに『茶房』って書かれてたんですよ。そこに店名も書いてあったんだけど……。うーん、思い出せない」

陽一さんはそう言って腕組みした。

「なかにはいると、しーん、としていて。時計の音だけが、かっちこっちって響いてるんですよ。店内には照明がほとんどなくて、いくつか薄暗い電球がかかってるだけ。うわあ、どうしよう、なんか異世界みたいなところに来てしまった、って焦ってたんですけど、先生は全然落ち着いた様子で、窓際の席に座ったんです。僕もぼうっとしながら先生の向かいに座りました。窓から、葦簀と名前のわからない植物が見えて、それがもうそれだけで絵になる感じで……」

「ええーっ、どんな店なんだろう？　すごく気になります」

蛍さんが目を輝かせた。

「気づくとほかにもお客さんが何組かいたんですけど、みんなしんとしていて、ときどきぼそぼそっとしゃべるだけ。これはしずかにしてないとまずいな、って雰囲気だったんです。どういう店なのかすごく気になったけど、訊く雰囲気じゃない。しばらくしたら店主が出てきて、無言で水とメニューを置いていって……」

「メニューはどんな感じだったんですか？」

鈴代さんが訊いた。

「なにがあったんだっけなあ。コーヒーのほかに抹茶もあったような。それからチーズケーキ。先生がコーヒーとチーズケーキを頼んでいたので、たしか僕も同じものを頼んで……。そしたらカップやお皿がまた渋くて。単なる和食器とはちがう、なんだろう、茶道具みたいな……」

「それは、たぶん『かいらぎ』ですね」

優さんの声がした。

「かいらぎ？」

蛍さんが訊く。

「『井戸茶碗』ってわかりますか？」

優さんの言葉に蛍さんが首を横に振った。

「お茶に使う茶碗ですよね。李朝に作られた高麗茶碗の一種でしたっけ？」

蒼子さんが言った。

「そうです。朝鮮半島では雑器として扱われていましたが、日本の茶人がこれを珍重した。梅花皮《かいらぎ》っていうのは、その井戸茶碗の高台《こうだい》のあたりについている鮫肌《さめはだ》状になった部分のことです。これが井戸茶碗の見どころのひとつと言われている」

「え、でも、そのとき出てきたのは茶碗じゃなくてコーヒーカップで……」

陽一さんが戸惑った顔になった。

「ああ、いえ、すみません、かいらぎは店の名前です。梅の花に、皮膚の皮と書いてかいらぎって読むんですよ」

「梅、花、皮……。ああ、そうだった。そんな名前でした。なんて読むんだろう、って思ったんですけど、店の雰囲気にのまれて先生にも訊けなくて……。あのときなんの話をしたのかもさっぱり覚えていない」

陽一さんが笑った。

「でも、二十年前の話でしょう？　覚えてなくても仕方ないいんじゃないですか？　わたしなんかそんなのばっかりですよ」

直也さんも笑った。

「でも、時計のかちこちいう音とか、店内の暗さはよく覚えているんです。記憶ってつくづく不思議ですね。その店のことはずっと記憶の底にあって……。この前久しぶりにその店のことを思い出して行ってみようと思ったんですが、全然たどり着けなくて。名前も思い出せないから検索もできませんし」

「その先生に訊いてみればよかったんじゃないですか？」

蛍さんが言った。

「二十年前のことですからね。先生は退官してご存命だって聞いてますけど、僕のことを覚えているかもあやしい」

陽一さんが答える。

「梅花皮は、もうないんですよ」

優さんの声がした。

「十五、六年前くらいかなあ。あそこを閉じて、別の場所に移ったんです」

「そうなんですか」

陽一さんが残念そうな顔になった。

「梅花皮はわたしも好きでしたよ。さっき陽一さんが異世界って言ってたけど、まさにそんな感じでした。家具も調度品も器も、店内に活けられた花も、自然に見えて、すべて抜かりなく整えられていた。ほかにはない雰囲気でしたね」

優さんはなつかしむように言った。

「あれは店主の美意識が作り出した世界だったんですよね。いまは同じ建物に別の店がはいっているけど、雰囲気は全然ちがいます」

「そうなんですね。梅花皮の店主はもう店をやめてしまったんでしょうか」

「ええ。神保町の店を閉じて、いったんはほかに移ったんです。場所も聞きましたが、結局行かなかった。さっき話したように、あまり外出しなくなってしまいましたからね。そうこうするうちに、もうそちらの店も閉じてしまって。店主が高齢になって、もう店を出すことはないみたいです」

「残念です。もう一度、あの世界に行ってみたかった」

陽一さんは残念そうな顔になる。

「町はどんどん変わっていきますからね。結局、店主がいなくなれば店もなくなる。代替わりしたとしても、まったく同じ雰囲気にはなりませんから」

直也さんが言った。

「若いころは、ずっと生きていたいと思っていた。でもそれは自分が知っているこの世界で、という意味だったんだと思うんです。長く生きていると、だんだん自分の知っている店がなくなり、街の建物も区画も変わって、見覚えのない世界になっていく」

優さんが遠くを見る。

「そうですねえ」

航人さんがうなずく。

「街は生きている人のものだから、変わっていくのは仕方がない。でも、自分の居場所のない世界で生き続けるのはさびしいことなんですよね。だから、みんなある程度生きたらこの世を去っていく。それでいいんだ、と思うようになりました。」

航人さんはそう言って、さびしそうに微笑んだ。

「でも、あたらしくてきれいなお店に行くのも、悪くない。わたしはラテアート、好きよぉ。薄暗い喫茶店もいいけど、あかるいカフェも素敵よねぇ」

桂子さんがふぉふぉふぉっと笑う。

「さあさあ、とにかく句を出してくださいね。いくら半歌仙って言っても、このペースじゃ最後まで行けませんよ」

航人さんの言葉に、みんなあわてて短冊に向かう。表の五、六句が夏で、裏一句目はもう季節なしでいい。航人さんがそう言うと、すぐに優さんが短冊になにか書きつけた。

「ああ、いいですね。とてもいい」

優さんの句を見るなり、航人さんは目を細める。

「ここはこれに」

そう言って蒼子さんに短冊を渡す。見ると「まぼろしの店現るる夕暮れに」とあった。

「素敵ねぇ。そうよ、長生きしたら、そういうこともあるかもしれない。これまで出合ったものが、全部ふわあっと戻ってくる、そんなときが」

桂子さんも短冊にさらさらと句を書き、前に出す。

まぼろしの店現るる夕暮れに　　優
夢でやさしく撫でるかいらぎ　　桂子

なぜかはわからないけれど、その二句を見ていたら涙が出そうになった。悲しいのとはちがう。ただあたたかいものに触れた感じがして、胸がいっぱいになった。

夢がはいったから、次は恋だな。短冊を手に取り、次の句を考えはじめた。

5

半歌仙を巻き終わったときには、もう六時を過ぎていた。このあたりだとファミレスくらいしかないから、夕食を取るなら調布駅まで出てからの方が良さそう、という話になり、優さんは明日の授業の準備があるから、今日は遠慮しておきます、と言った。

お茶やお菓子を片づけ、家を出ようとしたとき、清海さんが帰ってきた。調布で食べるならここがいい、とアジア料理の店を紹介してくれた。人数が多いから、予約しておいた方がいいかも、と言って、電話までしてくれた。

バスに乗り、駅に向かう。清海さんが書いてくれた地図を頼りに、お店に向かった。小さい店だが、予約のおかげですぐにはいることができた。

揚げ春巻やヤムウンセン、グリーンカレーにトムヤムクン。辛いものを食べていると生きる力が湧いてくるようで、直也さんが、ここは優さんというより、清海さんらしい店ですね、と笑った。

「優さん、素敵ですよねえ」

蛍さんがため息をつく。

「植物公園で、『馴染みの木に会いに行く』っておっしゃってましたよね。あれにやられました。わたしもああいう人と結婚したいなあ、って思っちゃいました」

夢見るような目で言う。

「ダメだよ、あれは優さんが年を重ねているから素敵に見えるのであって」

萌さんが力強く否定する。

「えっ、そうなんですか？」

蛍さんが萌さんを見返す。

「そうだよぉ。蛍さんと同じくらいの年の、大学生の男子が同じこと言ってたら、ちょっと危険な人でしょ」

鈴代さんは真剣な顔で蛍さんを見た。

「若いうちからそんなこと言える人は絶対怪しいから、やめといた方がいい」

萌さんが諭すように言った。

「そうなんですかあ」

蛍さんはちょっとしょんぼりしている。

「いやいや、それは年と関係ないですよ。年取ったって、わたしみたいな一介のサラリーマンがそれ言ったらやっぱり危ない人ですよ。あれは優さんが詩人だからサマになってるだけ」

直也さんがははは、と笑った。

「そう？　でも、ロマンチックで素敵じゃなぁい？　ああいう人に憧れるのはわかる気がするわぁ。蛍さんが文学少女だってことよ」

桂子さんがふぉふぉっと笑った。

わたしも少しわかる。大学生のころ、謎めいた先輩に憧れたことがあったから。眼鏡をかけた、本好きの先輩。彼の周りだけ別の空気が流れていた。でも、憧れていただけで、結局告白もしなかった。

先輩に憧れている人はたくさんいたし、でも先輩はだれとも付き合わなかった。きっとだれか好きな人がいるんだろうと噂されていたけど、それもだれかわからないまま。告白してもきっと断られて傷ついていただろうし、だからしなくてよかったとずっと思っていた。

だけど、もし告白していたら。断られたとしても、なにかが変わったかもしれない。前に優さんが言っていた「連句は正解のない分岐の連続」という言葉を思い出した。もしあのとき踏み出していたら、付き合うことがなかったとしても、少しだけ先輩の心に近づけたかもしれない。

「わたし、優さんの詩を読んで、詩もいいなあ、って思ったんですよね。これまで創作っていえば小説って思いこんでいたけど、詩を書いてみるのもいいかなあ」

蛍さんが言った。

「あ、それはいいと思う。蛍さんは詩が書けそうな気がする」

萌さんが大きくうなずく。

「そうでしょうか。じゃあ、ちょっと書いてみようかなあ」

蛍さんが天井を見あげた。

踏み出さなければなにも起こらず、それで終わり。傷つくことはないかもしれないけど、人生の幅はどんどん狭くなってしまう。

「まあ、いますぐ優さんみたいなことは言えないかもだけど、陽一さんみたいな人が年取ったら、ああいう感じになるのかもよぉ」

桂子さんが陽一さんを見た。

「えっ、僕は、そんな……」

陽一さんが両手を胸の前で大きく振った。

「いやいや、ありえますよ。ロマンチストだし、放浪癖もあったみたいだし、詩人になる要素はある」

直也さんが笑った。

わたしたちもいつかみんな年を取る。ここにいる鈴代さんも陽一さんも萌さんも、蛍さんもわたしも。

——自分の居場所のない世界で生き続けるのはさびしいことなんですよね。だから、みんなある程度生きたらこの世を去っていく。

さっきの航人さんの言葉を思い出し、みんなの向こうにいる航人さんを見た。となりの蒼子さんとなにか話しながら、料理をつまんでいる。

そういえば、航人さんの元奥さんって、いまはどうしているんだろう。ふとそんなことを思った。いろいろあったという話だけど、会いたいと思うことはないんだろうか。

——僕は、人はもっとほかの人のことを考えた方がいいと思うんです。

——自分に向き合うんじゃなくて、わからない人といっしょにいることについて考えるのが生きることだと思うから。

前に聞いた航人さんの言葉を思い出し、もしかしたらそれは奥さんのことだったんじゃないか、とはっとした。

時は流れ、町も人も変わっていく。連句が後戻りしないように、世界も巻き戻すことができない。いや、連句が後戻りを避けるのは、人の生がそういうものだからなのか。出合ったもので行き先が変わり、やり直すことはできない。

連句のこと、もっと知りたい。この先に進むためには、捌きをしなければいけないのかもしれない。前に鈴代さんや萌さんと話したことを思い出しながら、わたしも次に進みたい、と思った。

四話「句の心」に登場する歌仙は、東直子さん、千葉聡さん、竹内亮さん、三辺律子さん、矢内裕子さん、ゆきさん、江口穣さん、四葩ナヲコさん、浅井洲さん、長尾早苗さん、横井けいさん、みけのたまこさん、空師どれみさん、そらのくじらさん、長谷部智恵さんと巻いた歌仙を一部変更したものです。ご協力に深く感謝いたします。

本作品は、当文庫のための書き下ろしです。
なお、本作品はフィクションであり、登場する人物・団体は実在の個人および団体等とは一切関係ありません。

ほしおさなえ
1964年東京都生まれ。作家・詩人。1995年『影をめくるとき』が第38回群像新人文学賞優秀作受賞。2016年『活版印刷三日月堂　星たちの栞』が第5回静岡書店大賞を受賞。主な著書に、ベストセラーとなった「活版印刷三日月堂」シリーズのほか「菓子屋横丁月光荘」「紙屋ふじさき記念館」「ものだま探偵団」シリーズ、『三ノ池植物園標本室』（上下巻）、『金継ぎの家　あたたかなしずくたち』、『東京のぼる坂くだる坂』など多数がある。

だいわ文庫

言葉《ことば》の園《その》のお菓子番《かしばん》　森《もり》に行《い》く夢《ゆめ》

二〇二二年八月一五日第一刷発行

著者　ほしおさなえ
©2022 Sanae Hoshio Printed in Japan
発行者　佐藤　靖
発行所　大和《だいわ》書房
東京都文京区関口一―三三―四　〒一一二―〇〇一四
電話　〇三―三二〇三―四五一一

フォーマットデザイン　鈴木成一デザイン室
本文デザイン　田中久子
本文イラスト　青井秋
本文印刷　信毎書籍印刷
カバー印刷　山一印刷
製本　小泉製本

ISBN978-4-479-32026-5
乱丁本・落丁本はお取り替えいたします。
http://www.daiwashobo.co.jp

だいわ文庫の好評既刊

＊ほしおさなえ
言葉の園のお菓子番
見えない花
書店員の職を失った一葉は、連句の場の深い繋がりに背中を押され新しい一歩を踏み出していく。温かな共感と勇気が胸に満ちる感動作！
700円
430-1 I

＊ほしおさなえ
言葉の園のお菓子番
孤独な月
亡き祖母の縁で始めた「連句」を通して新しい人や仕事と繋がっていく一葉。別れと出会い、悲しみと喜びが孤独な心を照らす感動作！
700円
430-2 I

＊碧野圭
菜の花食堂のささやかな事件簿
裏メニューは謎解き!?　心まで癒される料理教室へようこそ！　ベストセラー『書店ガール』の著者が贈る、やさしい日常ミステリー！
650円
313-1 I

＊碧野圭
菜の花食堂のささやかな事件簿
きゅうりには絶好の日
グルメサイトには載ってないけどとびきり美味しい小さな食堂の料理教室は本日も大盛況。大好評のやさしくてほろ苦い謎解きレシピ。
650円
313-2 I

＊碧野圭
菜の花食堂のささやかな事件簿
金柑はひそやかに香る
本当に大事な感情は手放しちゃいけないわ——小さな食堂と料理教室を営む靖子先生は名探偵!?　美味しいハートフルミステリー。
650円
313-3 I

＊碧野圭
菜の花食堂のささやかな事件簿
裏切りのジャム
本当に大切にしたい縁なら勇気を出さなきゃ——小さな食堂のオーナー・靖子先生が謎と心を解きほぐしてくれる美味しい日常ミステリー。
680円
313-4 I

＊印は書き下ろし

表示価格はすべて本体価格（税別）です。本体価格は変更することがあります。